Mystérieuses retrouvailles

RACHAEL STEWART

Mystérieuses retrouvailles

Traduction française de
CHRISTINE MAZAUD

AZUR

HARLEQUIN

Collection : Azur

Titre original :
SECRETS BEHIND THE BILLIONAIRE'S RETURN

HARPERCOLLINS FRANCE
83-85, boulevard Vincent-Auriol, 75646 PARIS CEDEX 13
Service Lectrices — Tél. : 01 45 82 47 47 - www.harlequin.fr
ISBN 978-2-2804-8745-0 — ISSN 0993-4448

Composé et édité par HarperCollins France.
Imprimé en mars 2023 par CPI Black Print (Barcelone)
en utilisant 100% d'électricité renouvelable.
Dépôt légal : avril 2023.

FSC
www.fsc.org
MIXTE
Papier issu de sources responsables
FSC® C159065

Pour limiter l'empreinte environnementale de ses livres, HarperCollins France s'engage à n'utiliser que du papier fabriqué à partir de bois provenant de forêts gérées durablement et de manière responsable.

1.

Sebastian Dubois regarda les grilles qui se dressaient devant lui et regretta de ne pas se trouver à mille lieues de là.

Elles étaient aussi rébarbatives que dans son souvenir.

Hautes, noires, elles semblaient menacer les visiteurs. Les murs de pierres surmontés de ces grilles aux piques pointées en tous sens lançaient un message tacite mais clair : « Étrangers, vous n'êtes pas les bienvenus. »

La famille non plus, d'ailleurs…

Nerveux, Sebastian serra le trousseau de clés dans sa main à s'en écorcher la paume.

Cela faisait seize ans qu'il était parti, effrayé par un avenir sur lequel il n'avait aucune prise. Effrayé, aussi, d'être dorénavant responsable de lui-même.

Et peu importait que tout ce qu'il avait toujours cru à propos de sa famille n'ait été qu'un mensonge.

Ou presque.

La pluie – quasi quotidienne dans le Yorkshire – tambourinait sur le pare-brise de sa Range Rover qu'il avait arrêtée. Les essuie-glaces allaient et venaient à toute allure, aussi vite que tournaient ses pensées dans sa tête.

Tu n'as plus seize ans. Tu ne dois rien à personne. Personne ne peut plus, ne doit plus te faire peur. Donc, vas-y, sors de cette voiture et passe cette maudite porte !

Il souffla très fort, serra les poings encore plus fort.

— Vas-y, bon sang ! Qu'est-ce que tu attends ?

Ce n'étaient que briques et ciment. Un bâtiment vide. Sans âme. Qu'est-ce qu'il risquait ?

La propriété, inoccupée depuis une bonne année, était dans un piteux état. Il n'y avait rien ni personne à craindre ici. D'ici un an, elle serait transformée, remodelée. Rénovée, elle viendrait allonger la longue liste des hôtels de luxe de la chaîne Dubois.

Sa chaîne d'hôtels.

Mais l'enjeu de sa visite se situait ailleurs. Il s'agissait aujourd'hui de faire la paix avec le passé. Un court séjour dans ces murs, le temps de remettre l'histoire en perspective avant de l'enterrer. Simple, non ?

Oui, sur le papier…

Il s'essuya le front d'un revers de manche et regarda le ciel. Il était plombé. Son vol de New York avait été retardé par une météo défavorable et il était arrivé plus tard que prévu.

Il n'était que six heures et demie mais le climat lugubre du Yorkshire, pluie, brouillard et nuages bas, lui donnait l'impression d'être au milieu de la nuit.

Si l'on ajoutait à cela les sauts de puce qu'il avait faits dans tout le pays depuis une semaine, pas étonnant qu'il soit épuisé et sur les nerfs ! Exactement comme Theo l'avait prédit. Son jeune frère, qui était aussi son associé, lui avait conseillé avec le plus grand sérieux, de faire un break de quelques jours dans un bon hôtel avant d'affronter la situation. Mais il lui avait ri au nez, ajoutant que c'était inutile, ridicule. Du gaspillage pur et simple.

— Ah !

Il tapa sur son volant, furieux contre lui-même, furieux d'hésiter, furieux de se laisser paralyser par le passé. Mais rien ne parvenait à minimiser le pouvoir des lettres forgées entre les barreaux de la grille fermée devant lui : Ferrington Estate.

Ferrington… Le nom qu'il portait avant de s'envoler pour la France. Fuyant, dans le même temps, ce nom et le patriarche de la famille, son grand-père. Cet homme qui, une fois de plus, prenait le dessus sur lui.

En pestant, il ouvrit la boîte à gants pour y ranger les clés qu'il tenait à la main, haïssant sa faiblesse et plus encore son passé et cette propriété.

À cran, il passa la première vitesse, mit les phares, puis démarra en trombe et dévala la route qui serpentait vers la vallée, s'éloignant à toute vitesse de cette campagne que la nuit enveloppait peu à peu comme un linceul.

Sa respiration retrouvait un rythme plus normal quand un message vocal de son frère vint l'accélérer de nouveau.

— Alors, comment l'as-tu trouvée ?

En très mauvais état ! Mais je n'ai pas envie de parler, pensa-t-il.

D'autant moins qu'il était venu ici contre l'avis de son frère. Et avait engagé du personnel pour remplir le frigidaire, faire son lit et tout préparer en vue de son arrivée… Seul hic, auquel il n'avait pas songé : le courage lui avait manqué.

Et maintenant ?

Loin devant lui, de petites lumières clignotaient. Elmdale. Un sourire mélancolique étira ses lèvres et une douce chaleur l'envahit.

Ce souvenir-là, surgi brutalement du passé, il ne le fuirait pas.

Il accéléra plus fort, augmenta l'allure des essuie-glaces, son cœur battant au diapason. Arrivé en bas de la colline, il plissa les yeux pour mieux voir, à travers le pare-brise, le village que le déluge de pluie effaçait presque.

Apparemment, il n'avait pas changé. Il roula jusqu'au cœur d'Elmdale. Des pubs de chaque côté de la route. La cabine téléphonique à côté de la poste. La boulangerie et le marchand de légumes en face de la place du marché, le monument aux morts et la mairie étaient là où il les avait toujours connus. Des fleurs, vestiges d'un événement récent, égayaient la façade austère du bâtiment en pierres noircies par les ans. Chassés par la pluie, les habitants avaient déserté les rues.

Et, là, devant lui, fier de sa situation centrale, se dressait l'hôtel Gardner.

Une maison d'hôtes. Son refuge. *Sa* maison… jadis.

Curieux de la voir mieux, il s'approcha. L'arbre dans le jardin de devant avait grandi, et il était en fleur. La porte d'entrée et la barrière étaient toujours bleues. Le même panneau « chambres à louer », dégoulinant de pluie, se balançait dans le vent.

Son refuge appartenait-il toujours à la famille Gardner ?

Et *elle* ? Était-elle toujours là ?

Il passa une vitesse et alla se garer près de la vieille Coccinelle jaune qu'il avait toujours connue. Si elle se trouvait là, cette Coccinelle, *elle* devait être là, elle aussi.

Es-tu bien sûr que tu as envie d'entrer ?

En tout cas, la lumière qui brillait aux fenêtres était plus engageante que les grilles de Ferrington, et le panneau indiquait qu'il restait encore des chambres libres…

Ce qui tombait bien, car il voulait un lit. Peut-être aussi, et surtout, *la* voir.

Par simple curiosité, ou pour renouer le fil d'une histoire laissée en suspens… Quelle importance, après tout ?

Il enfila son vêtement, releva sa capuche et courut vers la barrière sous un torrent de pluie. En approchant, il sentit l'odeur du feu de bois, entendit les rires des clients…

Il entra. Un silence assourdissant l'accueillit. Toutes les têtes s'étaient tournées vers la porte. Vers lui.

Il abaissa sa capuche et parcourut l'assistance du regard.

Deux vieux messieurs assis devant la cheminée, une

pinte à la main, lui firent un signe de tête et reprirent leur discussion. Un couple d'amoureux s'enlaça de nouveau. Deux parents et leurs trois enfants poursuivirent leur jeu de société.

À l'accueil, il n'y avait personne.

— Elle ne sera pas longue, lança la mère de famille, le voyant s'interroger. Elle est allée préparer un chocolat chaud.

Le menton pointé, elle désigna ses enfants.

Il sourit – enfin, il essaya, car il avait l'estomac noué. Qui était là ? Flick, ou sa grand-mère ?

Allait-on le prier de déguerpir ?

Nerveux, il se passa la main dans les cheveux. Qu'est-ce qu'il s'imaginait en réapparaissant comme ça, sans crier gare, après seize années de silence ? Qu'on allait l'accueillir à bras ouverts et lui fournir la chambre dont il avait besoin ? Lui offrir la chaleur dont on l'entourait autrefois ? Qu'il allait retrouver l'amour, la gentillesse, le sentiment d'être des leurs ?

Quelle erreur ! Il n'aurait pas dû venir.

Il se tournait pour repartir vers les méchantes grilles noires quand la porte de la cuisine s'ouvrit.

— Et voilà ! Trois chocolats et…

Des yeux bleus stupéfaits le fixèrent. Interdit lui aussi, il ouvrait la bouche pour parler quand il vit le plateau qu'elle tenait pencher dangereusement et les tasses commencer à glisser. Il se précipita, mais trop tard. Le contenu du plateau finit par terre dans un bruit de faïence brisée.

— Alors quoi, Felicity ? Ça ne va pas ? cria un des clients en se lançant à la rescousse.

Mais, déjà à genoux, elle le repoussa.

— Si, si, ça va, Bill.

Elle évita le regard de Sebastian qui s'était approché pour ramasser les morceaux.

— Je m'occupe de vous tout de suite, monsieur… Si vous voulez bien attendre à la réception…

Monsieur ?

Surpris, il murmura :

— Flick ?

Elle lui lança un regard dur.

— À la réception, s'il vous plaît. J'arr…

Un de ses doigts saignait. Incapable de se retenir, il lui prit le bras, mais elle s'écarta prestement.

— Tout va bien, je vous dis !

— D'accord, acquiesça-t-il, ravalant son émotion.

Il reposa un morceau de tasse cassé sur le plateau et recula.

— Je vais attendre, alors.

Elle détourna les yeux. Pour ne plus le voir. Pour le reléguer à la place qui était la sienne : celle d'un inconnu.

C'était tout ce qu'il méritait.

Felicity poussa la porte de la cuisine d'un coup de hanche, se cognant dans la poignée.

Sebastian. Sebastian était là. Chez elle !

Elle ne rêvait pas. Ce n'était pas son imagination qui lui jouait un tour.

Elle jeta les débris des tasses cassées dans la poubelle et posa le plateau sur le comptoir. Son doigt ne saignait plus. En revanche, sa voix, le court instant où il l'avait touchée… Elle en tremblait encore.

Flick ?

Cela faisait une éternité qu'on ne l'avait pas appelée ainsi. Depuis que ses amis avaient terminé leurs études et qu'ils étaient partis vers d'autres cieux, pleins de l'espoir de réaliser leurs rêves.

Le visage dans les mains, les yeux fermés, elle inspira

profondément. Ce n'était pas possible ! Ce n'était pas lui ! Pas après tout ce temps.

C'était pourtant vrai. Et rester là, à ne rien faire, n'y changerait rien. D'autant qu'elle avait du travail devant elle. Il fallait qu'elle nettoie, et s'occupe de ses clients.

Elle attrapa une serpillière et un balai.

— Tout va bien, maman ? J'ai entendu un bruit de casse.

Felicity se retourna et vit sa fille qui écarquillait ses grands yeux bleus. Elle semblait troublée.

— Qu'est-ce qui s'est passé ? demanda Angel.

— Rien. Euh… si. J'ai fait tomber le plateau.

— Tu veux que je t'aide à nettoyer ?

— Non !

Essaye d'avoir l'air normale.

Elle baissa d'un ton.

— Tout va bien. Retourne à tes révisions. Tu as assez aidé comme ça, cette semaine.

— Ça va, maman. De toute façon, je vais faire une pause.

— Je t'ai dit non, Angel.

Doucement… Ce n'est pas sa faute si tu ne veux pas qu'elle reste dans la même pièce que… lui.

D'un ton radouci, elle ajouta :

— Excuse-moi, ma chérie. Tout va bien, je t'assure.

Angel continua d'observer sa mère.

— Dans ce cas… Je vais me faire un chocolat.

— Ça t'ennuierait d'en faire trois de plus ?

— C'est la commande des O'Brien qui a fini par terre ?

— Oui.

Flick regarda du côté de la porte, le cœur battant. Qu'attendait-il, au juste ? Et pourquoi revenait-il après tout ce temps ? Pourquoi ?

— Tu es sûre que tu vas bien, maman ?

Felicity esquissa un sourire.

— Mais oui, ma chérie ! Je suis juste un peu fatiguée. La semaine a été longue.

Angel lui rendit son sourire.

— T'inquiète ! Encore une semaine et les vacances de Pâques seront finies. Ils vont tous repartir et on sera tranquilles, toi et moi.

Pas si sûr...

Felicity regarda dehors.

— Ne t'occupe pas des chocolats, ma chérie. Je le ferai dès que j'aurai nettoyé.

— D'accord…

Une fois sa fille partie, Felicity se laissa tomber sur la première chaise venue. Comment allait-elle dire à Angel… et à lui… ?

Elle avait fait un choix, ce n'était pas un secret. Sebastian, lui, n'avait rien pu choisir puisqu'il s'était évaporé sans laisser de traces.

Mais voilà qu'il était là, maintenant. Pourquoi était-il revenu ? Mystère ! Mais qu'importe, elle allait devoir lui dire.

À lui, et à Angel.

Elle se leva, reprit son balai et alla nettoyer le sol. Elle n'avait pas besoin de lever la tête pour savoir qu'il gardait les yeux rivés sur elle.

Elle frissonna. Elle avait envie de crier, de *lui* crier : « Où étais-tu, il y a seize ans, quand j'avais le plus besoin de toi ? Et pourquoi, pourquoi revenir *maintenant* ? Juste au moment où Angel a besoin d'avoir les idées claires pour ses examens ? »

Sa fille n'avait pas besoin de ça. Elle non plus, d'ailleurs.

Sentant la panique la gagner, elle chercha ce qu'elle allait pouvoir dire et comment le dire sans provoquer de drame. C'était impossible. Une nouvelle pareille allait bouleverser leurs vies.

— Bien, les enfants…

Elle se retourna et aperçut Angel, tout sourire, sur le seuil de la cuisine, un plateau dans les mains.

— Trois chocolats bien chauds ! Et bien servis !

Felicity se raidit. Angel s'en rendit compte mais, depuis le temps qu'elle aidait sa mère au service, elle avait appris à sourire quoi qu'il arrive.

— Voilà !

Elle posa le plateau sur la table des O'Brien et se tourna vers Felicity. Comme celle-ci ne bougeait pas, elle suivit son regard et dit, dès qu'elle aperçut Sebastian :

— Tout de suite, monsieur… Je suis à vous dans un instant.

Sans qu'elle puisse esquisser un geste, Felicity vit sa fille passer devant elle, la frôlant au passage.

Elle n'avait pas prévu ce scénario. Dans sa tête, c'était elle qui allait le voir, qui lui demandait d'écouter ce qu'elle avait à lui dire.

Que ce soit lui qui débarque ainsi chez elle ne lui avait pas effleuré l'esprit, et cela la paralysait. Pourtant, elle réussit à dire d'un ton ferme :

— Laisse, ma chérie, je m'occupe de monsieur…

2.

Instinctivement, Sebastian eut envie de l'aider à nettoyer, de lui présenter ses excuses, mais il ne bougea pas au motif que les regrets étaient inutiles. Ils ne changeaient rien. Ne rendaient service à personne.

Tout à coup, il la vit s'avancer vers lui. Des mèches de cheveux échappées de sa queue-de-cheval lui caressaient les joues. Elle était pâle.

— Bonjour, Sebastian, dit-elle d'une voix blanche.

Elle passa derrière le comptoir de la réception pour mettre – ostensiblement – une barrière entre eux.

— Que puis-je faire pour toi ?

Le cœur battant, il prit une profonde inspiration.

Comment de simples odeurs pouvaient-elles le ramener des années en arrière ? Lui rappeler avec autant de précision l'époque où, debout dans cette même salle, il rêvait d'échapper à l'emprise de son grand-père, et à une vie qu'il souhaitait différente ?

Une vie qui aurait ressemblé à celle de Flick…

— Dis-moi…, insista-t-elle, le ramenant à la réalité.

Il détacha ses yeux des siens, ses grands yeux bleus curieux et qui l'attiraient tant, et toussota pour casser son émotion.

— J'ai vu qu'il y a des chambres à louer. J'en voudrais une.

Elle écarquilla les yeux.

— Tu veux… Tu as l'intention de rester ici ?

— Oui. Quelques nuits, si possible.

Elle hocha la tête, incapable de prononcer un seul mot.

— Je te dois aussi une explication, ajouta-t-il.

— Une explication ? Après seize ans ?

— Je veux que tu saches pourquoi je suis parti.

Elle posa sur lui un regard insistant.

— Je… crois que ce n'est ni le lieu ni le moment d'avoir cette conversation, dit-elle. Une chambre simple ou double ?

— N'importe.

— Bien, une double alors.

Sans même lever les yeux, elle tendit la main.

— Tu as une carte bancaire pour la réservation ?

Il tapota sa poche de poitrine et en sortit une carte.

— Voici…

Elle la prit en ayant soin de ne pas toucher ses doigts et leva vers lui un regard interrogateur.

— Dubois ? lut-elle.

Il opina.

— Oui, Dubois.

Aux rides qui creusaient subitement son front, il vit qu'un flot de questions lui traversait l'esprit, mais elle fixa de nouveau l'écran de son ordinateur et entra ses coordonnées bancaires.

Ils avaient le même âge mais elle paraissait plus jeune, plus fraîche, plus dynamique que lui, songea-t-il en l'observant. Le temps l'avait épargnée. Elle avait le teint rose des Anglaises et nul besoin de se maquiller. Ses cheveux étaient plus longs qu'autrefois et ses cils, noirs et épais, faisaient ressortir le bleu de ses yeux, pareil à celui du ciel un jour de beau temps. Son jean slim, qu'elle portait avec un pull rouge beaucoup trop grand pour elle, lui donnait furieusement envie de l'attirer à lui et de l'embrasser.

— Je te montre ta chambre ?

Plongé dans ses souvenirs, il lui fallut quelques instants pour se rendre compte qu'elle lui tendait une clé, qu'il prit, soulagé de constater que sa main ne tremblait pas. Pas plus que sa voix quand il la remercia.

Qu'est-ce qu'il lui arrivait ? Tout à l'heure devant les grilles, il avait capitulé. Et maintenant, il recommençait !

Le décalage horaire. C'était sûrement ça ! Cette faiblesse, inhabituelle chez lui, était sûrement due au décalage horaire.

— Suis-moi, dit-elle d'un ton neutre, sans le regarder. C'est au premier étage.

Habitait-elle toujours en haut, dans les pièces mansardées ? Et sa grand-mère ? Où était-elle, en ce moment ?

Toutes ces questions faisaient remonter les souvenirs des week-ends, des soirées et des vacances où il aidait Flick à préparer les chambres du petit hôtel. Que de marches montées et descendues dans la journée ! Mais la récompense que sa grand-mère leur accordait, chaque soir, en valait la peine. Elle les rétribuait en scones ou en gâteaux faits maison.

— Dis-moi, comment va Annie ?

Visiblement déstabilisée par la question, Flick trébucha légèrement sur une marche.

— Elle… nous a quittés il y a deux ans, répondit-elle sans se retourner.

— Je suis désolé, Flick.

— Elle était malade depuis un certain temps, ajouta-t-elle. Une longue et cruelle maladie. Elle a cessé de souffrir, maintenant…

Sebastian aussi avait perdu sa mère ainsi, et en avait été presque soulagé.

Comme ils arrivaient sur le seuil, elle se tourna enfin vers lui.

— Qu'est-ce qu'il s'est passé ? demanda-t-il.

— Une fois son cancer diagnostiqué, elle a refusé de voir des médecins. Et… les choses ont vite dégénéré.

Elle s'avança dans le couloir et s'arrêta devant la première porte à droite. De toute évidence, elle entendait couper court à la conversation.

— Voici ta chambre.

Elle ouvrit et attendit qu'il entre.

— Le petit déjeuner est servi entre 8 et 10 heures. On propose des paniers-repas pour le déjeuner. Pour le dîner, tu as le choix. Je te recommande le Black Bull. Maintenant, il y a plus raffiné…

Il eut l'impression qu'elle observait son costume comme si elle voulait en évaluer le prix. Gêné, il passa le doigt dans son col de chemise qui, subitement, l'étranglait.

— Tu peux aussi aller Chez Adam et Ève. En bas du village à droite. Je ne sais pas si tu auras une table, car c'est souvent complet. Je vais appeler, si tu veux.

— Adam et Ève ?

Il eut envie de rire, et nota qu'elle semblait amusée, elle aussi.

— Bien, je te laisse t'installer.

Elle se tourna pour partir mais il lui saisit le bras et ne le lâcha plus. Sous ses doigts, sa peau semblait brûlante, et il sentit la chaleur irradier jusqu'à son épaule.

— Sebastian ?

Il planta ses yeux dans les siens. Avait-elle ressenti quelque chose, elle aussi ?

— Si… nous parlions ? dit-il alors.

Au lieu de répondre à sa proposition, elle débita d'un ton monocorde :

— Le bar est ouvert jusqu'à 22 heures. Les personnes âgées préfèrent venir ici plutôt qu'au pub. C'est plus calme et elles partent tôt. Bonne soirée…

Elle hésita un instant sur le pas de la porte.

— Maman !

Une voix appelait d'en bas. Une voix jeune. Celle de la serveuse de tout à l'heure, lui sembla-t-il.

Maman ?

Flick ne parvint pas à cacher le frisson qui la parcourut. Affolée, elle tourna les talons et dévala l'escalier sans lui laisser le temps de lui poser la moindre question.

— Bree est là, reprit la voix. Elle demande ce qu'il faut pour demain.

Flick était… maman d'une adolescente ? Non, ce n'était pas possible, elle était si jeune encore ! Quel âge pouvait avoir cette jeune fille ? Treize, quatorze, quinze ans ? Ou alors, elle paraissait plus âgée qu'elle ne l'était, ce qui arrivait souvent chez les ados, surtout quand elles se maquillaient.

Troublé, Sebastian referma la porte de sa chambre et s'appuya contre le battant, le souffle court.

Quel imbécile il faisait ! Elle avait refait sa vie, c'était évident, et cette jeune fille avait peut-être même des frères et sœurs. Qu'espérait-il donc en venant ici, où il n'était visiblement pas le bienvenu ? Et pourquoi était-il perturbé à ce point par une histoire de jeunesse, qu'il aurait mieux fait d'oublier ?

Flick se sentait coupable. Comme si le fait qu'il ne soit pas au courant était sa faute *à elle* !

— Tu es sûre que tu vas bien, maman ?

— Oui, Angel.

Les oreilles bourdonnantes, elle fit un pauvre sourire à sa fille. La nausée la guettait. Il fallait qu'elle lui dise, à lui. Non, c'était peut-être mieux de commencer par Angel ? Elle n'en avait aucune idée…

À lui, parce qu'il était adulte, décida-t-elle.

Ou alors… à sa fille, parce qu'elle était ce qui comptait le plus au monde à ses yeux ?

— Je vais bien. Je suis fatiguée, c'est tout. Grosse journée.

— Grosse semaine, tu veux dire ! Bree est dehors. Elle parle avec Bill et Frank. Ça ne te dérange pas si je vais chez Iona ? Je voudrais travailler un peu la chimie avec elle. Il faut que j'avance dans mes révisions.

— Bien sûr, ma chérie.

Elle prit sa fille par les épaules et la serra contre elle. Elle avait besoin d'elle, de son énergie.

— Tu peux peut-être me lâcher, maintenant, maman, souffla l'adolescente en s'écartant. Je reviens d'ici une heure ou deux, d'accord ?

— Amuse-toi bien, ma chérie.

Éclat de rire moqueur.

— Maman, je vais voir Iona pour faire de la chimie. Ça n'a rien d'amusant, tu sais !

— Excuse-moi, tu as raison. Et si tu restais dormir chez elle ? Je sais que sa mère sera d'accord. Elle m'en a encore parlé hier.

— Ah bon ? Mais tu as dit toi-même que tu avais besoin d'aide avec les clients

— J'ai dit une bêtise. Je peux très bien me débrouiller seule. Allez, prends tes affaires et file !

Flick releva la tête et sursauta. Bree s'était approchée et la regardait curieusement. Si Angel soupçonnait quelque chose d'étrange, Bree, elle, comprendrait tout de suite et, fine mouche, s'emploierait à la faire parler.

— Tu es prête pour les commandes du petit déjeuner ? lui lança Felicity.

— Oui. Je vais te donner ça.

— Qu'y a-t-il ?

— Oh ! rien. Angel m'a dit que tu avais fait tomber ton plateau juste au moment où un homme séduisant entrait pour demander une chambre et que, depuis, tu étais toute retournée !

Se sentant rougir, Flick s'empressa de dire :

— Tiens, voilà pour les commandes des petits déjeuners ! Même heure que d'habitude.

Mais Bree restait plantée là, semblant attendre quelque chose, quand…

— Attention, il arrive ! murmura-t-elle.

Felicity tourna la tête et vit Sebastian qui descendait l'escalier.

— Je vais chercher mes affaires dans la voiture, dit-il en désignant la porte, comme si Felicity devait savoir où il allait.

Bree se pencha sur le bureau.

— En effet, il est charmant, souffla-t-elle, taquine.

— Bree ! gronda Felicity, le plus discrètement qu'elle put.

— Quoi ? Il ne peut pas m'entendre ! Quel beau mec ! Ça fait longtemps qu'on n'avait pas vu un tel spécimen dans le voisinage.

Felicity prit une profonde inspiration. Depuis que Sebastian avait resurgi dans sa vie, elle manquait d'air. Le cœur battant la chamade, elle murmura sur le ton du reproche :

— Peut-être… Mais c'est un client, alors un peu de discrétion, je t'en prie.

— Vous ne trouvez pas qu'il ressemble à un Ferrington ? suggéra Bill qui arrivait derrière Bree.

— Si c'est lui, il a bien changé ! renchérit Bree. Mais, effectivement, maintenant que tu le dis, sa tête me dit quelque chose.

Felicity leva les yeux vers Bree et Bill qui la dévisageaient, intrigués. Si seulement elle avait pu se réfugier dans un trou de souris ! Elle aimait beaucoup Elmdale pourtant, et ses habitants, mais, à cet instant, elle aurait préféré se trouver au milieu de nulle part, là où personne ne connaît personne et où l'on ne risque pas de voir sa vie étalée au grand jour.

— Alors ? insista Bree.

— Oui, c'est lui, répondit-elle d'une voix blanche. Sebastian Ferrington.

— Je le savais ! s'écria Bree, triomphante. Frank, tu me dois dix euros ! Je parie qu'il est revenu parce que son grand-père a cassé sa pipe.

Flick la fusilla du regard.

— Bree !

— Quoi ? C'est vrai. Ce type ne nous manquera pas ! Il était richissime, et il n'a même pas été capable de donner trois sous pour réparer le clocher de l'église, l'année dernière. Quelle honte !

— Ce n'est pas bien de dire du mal des morts, murmura Felicity.

— Sauf quand on a commencé de leur vivant ! répliqua Bill dans un éclat de rire.

Tandis qu'elle écoutait ses amis, les questions continuaient de se bousculer dans la tête de Flick. Sebastian était-il vraiment de retour ? Pour de bon ? Prévoyait-il de s'installer à Ferrington ? À côté de chez elle ? Et si c'était ça, que faisait-il ici, à l'hôtel ?

— Bon, ça suffit maintenant ! gronda-t-elle.

Felicity détestait mentir à Bree, sa meilleure amie, mais elle ne trouvait pas juste de parler de quelqu'un quand l'intéressé n'était pas là pour se défendre. Bree ne connaissait pas son histoire avec Sebastian. Elle n'était à Elmdale que depuis trois ans, depuis que sa tante, la boulangère, était tombée malade et qu'il avait fallu la remplacer au pied levé. Bree avait accouru, pour quelques mois, mais elle était tombée amoureuse du village et n'était jamais repartie.

Elle était adorable, serviable, compatissante, attentionnée, mais elle était trop curieuse – tout comme Bill d'ailleurs –, et avait tendance à écouter les ragots.

Comme Sebastien revenait, elle songea qu'elle était sauvée, que Bree allait la laisser tranquille.

Les yeux baissés sur son ordinateur, Felicity fit semblant de ne pas voir que sa chemise, trempée par la pluie, lui collait à la peau et laissait apparaître sa musculature avantageuse.

— Ah, je comprends maintenant, dit Bree tout bas. Et je suis tout à fait d'accord avec Angel !

Les joues en feu, Felicity décida de ne pas réagir. Elle haussa les épaules et traversa la salle pour aller au bar.

Elle remplissait un verre de bière quand Bree la rejoignit.

— Peux-tu cesser de dévisager ainsi mes clients ? demanda Felicity.

— J'ai du mal. Je ne sais pas pourquoi, j'ai l'impression qu'il se passe quelque chose ici. Entre ce beau gosse et toi ?

Felicity garda obstinément le silence. Si elle expliquait quoi que ce soit, ce serait bien pire.

— J'ignorais que Ferrington avait des petits-enfants, reprit Bree. L'idée que ce type ait procréé me donne des boutons.

— Ils sont partis d'ici il y a longtemps…

Seize ans, pour être précise.

— … peu de temps après la mort de leur père.

— Il est mort jeune, alors ?

La gorge nouée au souvenir de ce drame, Felicity plaqua la main sur son cou.

— Oui, dans un accident de voiture.

— Quelle horreur !

Bree se tut un moment, puis dit d'un air grave :

— C'est pour ça que le vieux Ferrington est devenu l'homme triste et acariâtre que j'ai connu, et que tout le village redoutait ?

— C'est une triste histoire, dit Felicity. Ferrington a toujours été un homme dur, exigeant. Rien n'était jamais assez bien pour lui… Surtout après la mort de sa femme, qui savait gérer ses sautes d'humeur. Quand elle est morte, il s'est replié sur lui-même. Il n'acceptait plus aucune invitation et ne quittait que rarement sa maison. La mort de son fils a précipité sa chute.

— Quel triste destin, en effet. Pauvre homme !

Certes, songea Felicity, Ferrington avait beaucoup souffert, mais cela ne justifiait pas son comportement, la façon dont il traitait sa famille, la manière dont il l'avait traitée, elle, seize ans plus tôt. Elle ne lui avait jamais pardonné.

— Donc, son petit-fils est revenu ? Mais pourquoi ?

Elles s'éloignaient du bar quand Felicity répondit :

— Mystère…

Bree haussa les épaules.

— Et il préfère descendre ici plutôt que dans leur propriété ?

Agacée, Felicity lui lança un regard perplexe.

— Oui. C'est comme ça.

— Je suis sûre qu'il y a un loup là-dessous.

— Ça ne nous regarde pas, de toute façon ! insista Felicity.

Enfin… ce n'était pas tout à fait vrai.

— Oui, tu as raison, acquiesça son amie. Allons voir ce qu'il se passe en cuisine…

3.

Douché et disposé à affronter Flick, Sebastian revint s'installer au bar.

Les parents et leurs trois enfants s'étaient retirés pour la nuit. Il les avait entendus parler et rire en passant devant sa porte, une heure plus tôt. Les amoureux n'étaient plus là non plus. Il ne restait que les deux seniors au coin du feu.

— Nous allons marcher quelques instants avant de nous coucher, dit la femme à Felicity.

Le sourire qu'elle adressait à ses deux vieux clients se figea lorsqu'elle aperçut Sebastian, au bar. Elle détourna tout de suite le regard et, distraite, les accompagna à la porte.

— Attention. Il a plu. Les pavés doivent être glissants.

— Ne vous faites pas de souci pour nous, ma chère Felicity, répondit le mari. Nous connaissons ce village par cœur, et nous serons prudents.

Du coin de l'œil, Sebastian vit Flick refermer la porte sur ses clients. Elle n'avait pas daigné lui accorder un regard, ce qui l'attristait. Pourquoi se comportait-elle ainsi ?

Ils étaient seuls, maintenant. Si elle avait un compagnon, il ne vivait pas ici, ou alors il était très occupé. Il regarda sa main, mais ne vit pas d'alliance. Mais cela ne voulait rien dire.

Il avait tout de même envie de savoir. Incapable de se retenir, il lui demanda :

— On peut parler maintenant ? Tu es disponible ?

Elle ne répondit pas, mais s'approcha et débarrassa le comptoir.

— Tu bois quelque chose ? proposa-t-elle.

— Si cela ne t'empêche pas de faire ce que tu as à faire ou d'aller retrouver…

Elle l'interrompit :

— Tu veux savoir si un homme m'attend ? La réponse est non. Alors, qu'est-ce que tu bois ?

Elle lui jeta un regard de défi. Ses yeux bleus étaient si brillants qu'il fut pris de l'envie soudaine de la prendre dans ses bras pour la serrer fort, comme autrefois…

Il n'en fit rien, bien sûr, se contentant de répondre :

— Comme toi…

Elle lui tourna le dos, prit une bouteille sur l'étagère et se retourna.

Il rit en découvrant son choix.

— Du Porto ? Le whisky est trop fort pour toi ?

— Non, mais je ne pensais pas que tu aimais ça.

— Qu'en sais-tu ? Tu ne sais plus grand-chose de moi, aujourd'hui, n'est-ce pas ?

Cette phrase lui fit mal, remarqua-t-il en la voyant pincer les lèvres pour cacher son dépit.

Elle déboucha la bouteille et dit :

— Il me faut au moins ça pour… accuser le coup.

Ces mots le blessèrent, et il leva vers elle un regard surpris. Dans son souvenir, elle n'était pas cruelle.

Il se força à sourire.

— Me revoir est si pénible que ça ?

Elle eut un sourire sans joie.

— Eh bien disons plutôt que… c'est un choc.

Il prit le verre qu'elle venait de remplir et le leva.

— En ce cas… *À ta santé !*

Elle ne put retenir une étrange mimique, qu'elle s'empressa de dissimuler sous un sourire de façade. Était-ce du dépit, de la rancune, ou du mépris ? Il n'aurait su le dire, et préférait ne pas le savoir.

— À ta santé, répondit-elle simplement.

Ils prirent une gorgée, et Sebastian sentit une douce chaleur envahir peu à peu sa poitrine, puis tout son corps. Mais ce n'était pas l'effet de l'alcool. C'était elle. Flick. Ses lèvres légèrement entrouvertes ; son cou, fin et racé, et d'une blancheur d'albâtre…

Il chercha son regard et le soutint, juste le temps de voir qu'il brûlait toujours de la même flamme que jadis.

Elle n'appréciait pas vraiment qu'il soit de retour et le lui faisait comprendre, mais son corps criait le contraire. Tout comme le sien, qui semblait tout entier tendu vers elle…

— Flick, il faut que je t'explique.

— Que tu m'expliques quoi ? Et pour quoi faire ?

Elle rougit et se mordit les lèvres, avant de lancer :

— Tu veux me dire pourquoi tu es ici ? Ou pourquoi tu m'as abandonnée, il y a seize ans ?

— Je ne t'ai pas abandonnée, murmura-t-il. Ce n'est pas moi qui…

Il s'interrompit, et se passa la main dans les cheveux.

— Viens ici. Assieds-toi près de moi, je vais tout t'expliquer…

Mais elle préférait rester derrière le bar pour mettre de la distance entre eux, comme elle l'avait fait avec le comptoir en acajou de la réception. Mais il n'aimait pas ça, et la voulait près de lui.

Il lui montra le tabouret voisin du sien.

— S'il te plaît…

Elle fit glisser son verre sur le bar, puis le contourna et vint s'asseoir après avoir ostensiblement éloigné son siège du sien.

— Alors, qu'as-tu à me dire ? Je t'écoute…

Comme si c'était facile !

Il avala une nouvelle gorgée de porto et plongea son regard dans le sien. Son cœur battait la chamade, il se sentait nerveux. Comment pouvait-elle avoir encore un tel effet sur lui ? Après tant de temps… Comment ses yeux, sa façon d'être, sa voix et son léger accent du Yorkshire pouvaient-ils le troubler aussi intensément ?

Il serra son verre très fort dans sa main, puis se jeta à l'eau.

— Te rappelles-tu le dernier soir où je t'ai vue ? demanda-t-il, soudain très sérieux.

Un voile de tristesse assombrit son regard comme elle prenait son verre pour avaler une gorgée.

— Oui.

— C'était après le bal de fin d'année.

— Oui, je m'en souviens.

Elle aussi était crispée et serrait son verre à le broyer, remarqua-t-il.

Il détestait l'idée de la voir souffrir et n'avait nulle envie de revivre le passé, mais il lui devait une explication.

— Nous étions surexcités, tu te souviens ? Les examens étaient finis, on avait l'été devant nous avec des tas de projets… Nos projets.

Il reprit son souffle.

— Nous devions nous revoir le lendemain, aller chevaucher au bord de la rivière, pique-niquer…

Les yeux sur son verre, elle sourit un peu. Mélancolique.

— Ah oui ! J'avais préparé des sandwichs au fromage.

— C'est tout ce dont tu te souviens ? dit-il tristement.

— C'est ceux que tu préférais, avec les scones de grand-mère.

Elle releva les paupières, soutint son regard un instant et baissa de nouveau les yeux.

— Tu n'es jamais venu. Je t'ai attendu sur la place avec le pique-nique, mais…

Un long silence se fit et machinalement, il posa la main sur son bras.

— Je suis désolé, Flick. Je ne voulais pas te laisser comme ça.

Elle se libéra doucement et posa ses coudes sur le bar.

— Pourquoi l'as-tu fait, alors ?

Il soupira.

— Ce soir-là, j'avais la permission de…

— 22 heures. Je m'en souviens parfaitement. C'était ton grand-père qui avait fixé l'heure et tu la respectais toujours.

— Moi, non. Mais Theo… Mon grand-père était très dur. On s'en est vraiment rendu compte, mon frère et moi, quand mon père est mort. Il est devenu encore plus dur après.

— Il était froid.

— Il était plus que froid, il était méchant. Avec maman, avec nous… Au décès de papa, maman a voulu quitter la propriété. Elle ne supportait plus son autorité, ni les punitions qu'il nous infligeait, à Theo et à moi.

Elle releva les yeux et scruta son visage.

— Il t'a… il t'a frappé ?

— Moi non, car j'ai toujours su faire profil bas. Mais Theo… Après le décès de papa, il a dérapé, accumulé les bêtises. Il s'en prenait à tout le monde.

Il fit rouler ses épaules pour évacuer la tension accumulée dans ses muscles.

— Voyant cela, notre grand-père a pris la décision de nous mettre en pension. Theo ne l'a pas bien pris du tout !

Elle ne dit pas un mot, se contentant de l'écouter.

— Maman était furieuse, désespérée à l'idée de nous voir partir. Mais quand Theo est rentré ce soir-là, très en retard, mon grand-père a déclaré que c'était l'incident de trop. Bref, ils se sont tous bagarrés.

— Pas ta mère, quand même ? Ton grand-père n'a pas frappé ta mère ?

Revoyant la scène, sa gorge se serra. Flick n'imaginait sûrement pas à quel point l'affrontement avait été violent.

— Il l'a blessée, sans le faire exprès bien sûr. En fait, il visait Theo mais ma mère est intervenue pour les séparer et c'est elle qui a pris le coup. Elle est tombée par terre. Elle saignait abondamment.

— Oh mon Dieu !

Elle posa la main sur son genou en signe de sympathie, même si elle n'était pas sûre qu'il mérite sa sollicitude

— Et alors ?

Il ne pouvait pas lui dire le reste. Il avait enterré ses démons depuis longtemps et ne souhaitait pas qu'ils reviennent le hanter.

Fuyant les images qui s'imposaient à son esprit malgré lui, il ferma les yeux. Quand il les rouvrit, elle avait toujours la main sur son genou et son regard s'était radouci.

— Que s'est-il passé ? insista-t-elle.

— Nous avons fait nos bagages et au petit matin nous n'étions plus là, dit-il, sautant la partie trop difficile de l'histoire.

À ses yeux, ce n'était pas un mensonge, plutôt une omission.

— Maman a acheté une vieille voiture à un ami, nous l'avons chargée et en route pour Paris ! Maman avait une amie d'enfance qui tenait une pension en banlieue parisienne. Elle nous a hébergés et nous ne sommes jamais retournés chez le grand-père.

— Vous avez déménagé… en France ?

— Disons plutôt que nous nous sommes échappés. Mon grand-père a tenté de nous retrouver mais ma mère s'était débrouillée pour faire changer nos noms, et il n'a rien pu faire… malgré sa fortune et ses relations.

— Ah ! D'où le nom de Dubois que tu utilises aujourd'hui ?

— Comme nous étions ses héritiers, il voulait que nous nous conformions à ce qu'il attendait de nous.

— C'est un miracle que ton père s'en soit sorti comme il l'a fait.

Il grimaça. C'était normal qu'elle voie les choses ainsi. Lui-même l'avait fait jusqu'à cette fameuse nuit. Jusqu'à ce que son grand-père lui raconte…

Il préféra penser à autre chose.

— Maman n'avait pas de famille. C'était important pour elle que nous héritions, mais pas comme ça.

— C'est pour cela que tu es parti sans plus jamais donner de nouvelles ?

Silence. Agacé de ne pouvoir tout divulguer, et incapable de trouver des mots pour poursuivre, il marqua une pause, puis reprit :

— Si on veut. Mais ça ne devait pas se passer comme ça, Flick. Loin de moi l'intention de te faire du mal, tu t'en doutes. J'étais préoccupé par eux. Mon frère. Ma mère. J'avais seize ans et je me suis retrouvé, en quelque sorte, chef de famille. Il fallait que je les protège.

— Je suis vraiment désolée, dit-elle avec une spontanéité qui le toucha. Si seulement j'avais pu être là pour toi !

— Tu n'aurais rien pu faire. Tu sais, l'argent donne du pouvoir aux gens, et peut les rendre dangereux.

— Comment peut-on être aussi haïssable ?

— C'était un Ferrington.

— Mais toi aussi !

Essayait-elle de le rassurer, de lui faire comprendre qu'on peut être de la même famille et ne pas se ressembler ?

Il avala un peu de porto. Ses démons semblaient vouloir se réveiller. Certes, il avait causé du chagrin à Flick en se volatilisant, mais celle-ci avait certainement été plus heureuse sans lui.

— Ta maman a dû trembler à la pensée qu'il vous retrouve, dit-elle.

Les souvenirs de leurs premiers jours à Paris affluèrent.

— Sûrement, mais elle ne le montrait pas. Elle était forte et persévérante… Elle a fait tous les métiers : femme de ménage, serveuse, tout ce qu'elle pouvait trouver. De notre côté, nous avons pris nos études au sérieux, avons beaucoup travaillé. Nous ne voulions pas qu'elle regrette la décision qu'elle avait prise de quitter Ferrington et tout ce qui allait avec. Nous voulions faire quelque chose de nous-mêmes et la rendre fière de ses garçons.

Felicity s'approcha de lui.

— Bravo ! Vous avez réussi.

— Quoi ?

— À faire quelque chose de bien.

Elle regarda ses doigts – ils avaient glissé doucement sur le bras de Sebastian, sans qu'elle en ait conscience. Elle les retira à la hâte.

— Et ta mère ? Que devient-elle ?

— Elle est décédée.

— Si jeune ! Je suis désolée, dit-elle.

Ce n'était pas sa faute, pourtant. Il était seul responsable. C'était lui qui était parti, lui qui l'avait empêchée d'être là pour le soutenir. Lui qui l'avait laissée…

Il posa la main sur la sienne. Sa peau était douce et chaude.

— Tu me pardonnes ?

Si seulement ça pouvait être aussi simple ! songea Felicity. Pardonner et oublier. Si seulement il n'y avait pas eu ce secret…

Soudain, elle avait l'impression d'étouffer, d'être prise au piège. Elle prit une profonde inspiration.

— Ce n'est pas aussi facile que tu le penses, dit-elle en s'écartant légèrement de lui.

— Je sais.

— Non, je ne crois pas.

Elle prit son verre et avala son porto d'un trait pour se donner du courage.

— Pourquoi es-tu revenu, Sebastian ? Après tout ce temps ?

Elle le fixa. Bêtement, elle se demanda s'il allait lui dire qu'il était revenu pour elle. Comme dans les romans d'amour où le héros, fortune faite, revient et enlève sa bien-aimée.

Elle faillit éclater de rire tant ce scénario était ridicule.

— Qu'est-ce qu'il t'arrive ? demanda-t-il, posant la main sur son épaule.

— Tu éludes ma question ?

Il lui sourit.

— Non. La vérité c'est que, maintenant que mon grand-père n'est plus là, Theo et moi disposons de la propriété. Nous avons failli nous en débarrasser mais finalement, nous avons résisté à la tentation ! J'imagine le vieil homme se retourner dans sa tombe en nous voyant y pénétrer et je jubile !

Il était amer et plein de haine. Elle ne le connaissait pas sous ce jour. Qu'avait-il fait de son humour ? De sa bienveillance ? De sa passion ?

Qui était-il vraiment aujourd'hui ? L'ancien Sébastian ou cet homme d'affaires froid assis à côté d'elle ? Avait-il une femme dans sa vie, des femmes, ou n'y avait-il que lui et son frère dans son existence ? Il n'avait pas d'alliance, mais cela ne signifiait rien.

Il avait sans doute des amis, et peut-être aussi des enfants. *D'autres* enfants.

À cette idée, elle sentit son cœur se serrer.

Elle faillit le lui demander. Elle voulait tout savoir

mais faisait tout pour repousser l'inéluctable conversation qu'ils allaient devoir mener. Ce n'était bon ni pour elle, ni pour lui.

— Sebastian ? Il faut que je te dise quelque chose…

— J'imagine, oui. On dirait que tu es sur le point d'avouer un crime horrible.

— Non. Il n'est pas question de crime. Seulement… seulement…

— Quoi, *seulement* ?

— Je… J'ai un enfant.

— Je sais.

Une expression qui ressemblait à un regret passa sur son visage.

— Je m'en suis douté. Qui est le père ? Il est d'ici ? J'ai vu que tu ne portais pas d'all…

Il voulut saisir sa main, mais elle se déroba.

— Non, non… Il est… Il n'était pas d'ici.

Bon sang ! Pourquoi était-ce si difficile ? Pourquoi n'était-elle pas plus courageuse ?

— Ça n'a pas dû être facile de l'élever en solo, tout en t'occupant de ta grand-mère, surtout quand elle est tombée malade. Et puis il y a la pension…

Il désigna la salle d'un geste circulaire du bras.

— Il a bien fallu que je m'occupe de ma grand-mère puisque maman, comme tu le sais, est morte à ma naissance. Quant à mon père… je ne l'ai jamais connu.

Elle n'ajouta pas un mot. Comme le silence se prolongeait, il dit doucement :

— Flick ? Parle-moi…

— Cet enfant est de toi, lâcha-t-elle, les larmes aux yeux. Angel est… notre fille.

4.

Ses oreilles se mirent à bourdonner, et il secoua la tête en tous sens pour chasser le vertige qui l'envahissait.

— Sebastian ?

Il sursauta, comme au sortir d'un mauvais rêve.

— Je suis désolée…

Elle était là, debout devant lui. Sa voix n'était qu'un murmure.

— Je suis désolée de ne pas t'avoir informé plus tôt, Sebastian. J'ai essayé, je t'assure, mais je n'arrivais pas à te joindre.

Elle ravala un sanglot.

— Sebastian, s'il te plaît, dis quelque chose… n'importe quoi !

Elle vit qu'il cherchait à reprendre son souffle.

— Quel âge a-t-elle ?

— Seize ans.

Elle s'humecta les lèvres.

— Elle a eu seize ans à Noël. Le 26 décembre, précisément.

— Seize ans, répéta-t-il d'un air absent.

Il avait une fille de seize ans et il l'ignorait !

Il s'approcha de la cheminée, puis contempla les flammes. Ce n'était pas possible ! Il rêvait ! Mais pourquoi mentirait-elle ? Mais si elle disait vrai, alors…

— Seize ans… L'âge que tu devais avoir quand tu l'as mise au monde, dit-il, pâle comme un linge.

Il s'imagina Flick adolescente, enceinte et seule au monde, et baissa les yeux. Il avait honte.

— Tu étais trop jeune pour avoir un enfant.

Beaucoup trop jeune.

Il hocha la tête. Comment avait-il pu faire une bêtise pareille ? Se montrer aussi ignorant ? Aussi stupide ?

— Mais… comment… ?

Ils avaient toujours pris leurs précautions, pourtant.

— Je ne sais pas. Le préservatif a dû se déchirer sans qu'on s'en aperçoive et je ne prenais pas la pilule.

Il ne la voyait pas, mais il sentait son regard posé sur lui. Comment avait-il pu la laisser alors qu'elle était enceinte de son enfant ? Aujourd'hui, cet enfant était déjà… presque une adulte, et il n'avait jamais soupçonné son existence.

— Où… Où est-elle ?

Comme elle ne répondait pas, il tourna la tête pour la voir.

— Elle est en haut ?

— Non, elle passe la nuit chez une amie.

— À cause de… ma présence ici ?

— Oui.

— Elle sait ?

— Non.

Il se tourna de nouveau vers l'âtre. Quelle ironie ! Lui qui avait toujours soigneusement évité de s'engager dans une relation sérieuse, et n'avait jamais ressenti le désir de fonder une famille en avait une, ici même, et depuis de nombreuses années !

Que de temps perdu ! Que d'événements ratés ! Sa naissance, ses premiers mots, ses premiers pas, les anniversaires de sa fille…

Flick avait-elle appris sa grossesse avant qu'il ne la quitte ? Aurait-elle pu l'en informer ? S'il l'avait su, jamais il ne serait parti, jamais il ne l'aurait laissée affronter seule cette épreuve.

Menteur ! Comment serais-tu resté dans ce village après avoir causé tant de dégâts ?

Furieux contre lui-même, Sebastian serra les poings, essaya de repousser les pensées qui le dérangeaient. Mais elles revenaient le hanter sans relâche.

— Quand l'as-tu su ?

— Quelques semaines après ton départ. Au début, je ne voulais pas le croire, mais assez vite j'ai dû me rendre à l'évidence. Je ne l'ai dit à personne. Jusqu'au soir où grand-mère m'a trouvée en train de pleurer. Je devais aller à l'anniversaire de Nadine mais je n'ai pas pu. Je ne voulais plus voir personne. J'avais tellement peur de ce qu'on dirait de moi ! Tu sais comment c'est, ici. Tout le monde connaît tout le monde. Et chacun se mêle des affaires des autres.

— Tu as donc gardé ça pour toi. Pour toi toute seule ?

— Oui, au début. Mais ensuite grand-mère a été formidable. Elle a fait tout ce qu'elle a pu, m'a accompagnée à tous mes rendez-vous…

— C'est moi qui aurais dû être là, faire tout ça, murmura-t-il, saisi d'un affreux sentiment de culpabilité.

Il se retourna pour la regarder.

— Je ne sais pas si ça aurait changé grand-chose, dit-elle. À part nous éviter d'avoir cette conversation.

Les yeux plissés, il l'observa.

Essayait-elle de le déculpabiliser ?

— Tu étais aussi jeune que moi. Nous étions des gamins tous les deux, Sebastian !

— Peut-être mais les gamins, comme tu dis, ne font pas d'enfants. Et puis nous faisions très attention. C'est clairement un accident.

Visiblement agacé, il se grattait la tête, comme s'il cherchait à se rappeler quand cela avait pu se produire.

— Il y a toujours un risque, même avec un préservatif, mais je ne pensais pas que cela pouvait nous arriver, ajouta-t-elle. Et tu sais quoi ? Même si on pouvait réécrire l'histoire, je ne changerais rien. Pas un mot. Pour rien au monde. Plus maintenant.

— Tu es sérieuse ?

— Oui. Mais bien sûr, j'aurais préféré pouvoir te mettre au courant.

Elle souriait, gentiment. Toutes sortes d'émotions animaient son visage, dont certaines lui échappaient.

— Si tu savais à quel point elle est merveilleuse, Sebastian ! Elle est intelligente, elle est drôle et elle m'aide beaucoup dans mon travail.

De nouveau, il sentit sa gorge se serrer. Il porta la main à son cou comme pour chasser la boule qui le gênait pour respirer.

— J'aurais dû être là, répéta-t-il.

— Oui, mais tu étais parti, Sebastian. J'ai essayé de te retrouver, j'ai même…

Elle s'arrêta.

— Je suis même allée trouver ton grand-père.

— Tu lui as parlé ? Il a su ?

— Non ! Sûrement pas ! Je voulais juste savoir où tu étais pour te parler. J'étais tellement triste quand tu as disparu mais je me suis raconté que tu avais une bonne raison de t'enfuir ainsi.

— Que t'a-t-il dit ?

— Il ne m'a même pas ouvert sa porte ! Grand-mère a essayé mais ça n'a pas mieux marché. Elle a soudoyé une des employées de ton grand-père qui a raconté que toi, ta mère et ton frère étiez partis, sans laisser d'adresse. Rien.

Couvert de honte, il la regarda. De longues secondes s'écoulèrent.

— Je me rappelle que tu avais des projets. Tu voulais aller à la fac, vivre en ville, devenir avocate…

— Eh oui ! Et j'ai choisi Angel.

— Mais ta vie, alors ?

— Quoi, ma vie ?

— Excuse-moi, Flick. Je… Je m'en veux tellement !

— Tu t'en veux ?

Elle glissa de son tabouret, le rejoignit et posa son index sur sa poitrine.

— Tu n'as pas à t'en vouloir, Sebastian Ferrington. Ou plutôt… Dubois.

Elle recula, mais il la retint par le bras.

— Flick, je suis désolé. Je ne voulais pas te faire de mal. J'avais seize ans, j'étais jeune, perdu, déchiré. Des gens me jugeaient, d'autres me conseillaient. Flick…

— Arrête de m'appeler comme ça !

— Pourquoi ?

— Parce que cela me ramène des années en arrière.

Les yeux pleins de larmes, elle le regardait.

— Ma fille est ce qu'il m'est arrivé de mieux, Sebastian. Tu peux me croire. À l'époque, elle était tout ce qui me rattachait à toi et, naïvement, je me disais que tu allais revenir, la découvrir et que nous… nous…

Elle hocha la tête.

— Peu importe. C'était le rêve idiot d'une fille amoureuse qui ne voulait pas te perdre.

— Si, ça importe !

Elle essaya de se dégager mais il ne la laissa pas faire. Il voulait la garder près de lui, serrée contre son corps qui vibrait comme il ne l'avait pas fait depuis longtemps. L'avoir si proche lui rappelait leur passion passée et lui laissait entrevoir l'image parfaite d'un avenir qu'il n'osait espérer.

Mais qui n'était plus envisageable aujourd'hui, hélas. *Avant*, peut-être. Avant qu'il ne soit brisé, avant cette nuit maudite…

— Flick ?

Il prit son menton dans sa main et leva doucement son visage vers le sien. Il avait une envie folle de l'embrasser. Son cœur battait très fort, impatient de l'entendre lui avouer ce qu'elle refusait de s'avouer à elle-même.

Ses yeux étaient noirs ; son doigt sous son menton, très doux ; son nom sur ses lèvres, une caresse, et Felicity sentit un désir fou s'emparer d'elle. Elle avait besoin d'oublier les années de chagrin, de vide … D'oublier tout dans la chaleur de son baiser.

Il avait envie de l'embrasser, et elle sentait sous sa main les battements redoublés de son cœur… Mais où cela les mènerait-il ?

À un désordre encore pire que celui qui régnait aujourd'hui.

— Dis-moi, de quoi rêvais-tu durant toutes ces années, Flick ?

Pas sûre de vouloir répondre, elle hésita. Puis se lança :

— Je rêvais de te voir franchir cette porte, un sac sur le dos, et demander une chambre. Grand-mère t'aurait adressé ce sourire qui n'appartenait qu'à elle et t'aurait ouvert les bras. Elle m'aurait appelée et j'aurais accouru, Angel dans les bras. Tu aurais su, sans que j'aie à le dire, que…

Il caressait sa joue sans la quitter des yeux. Et humait son délicieux parfum floral, comme autrefois.

— Et puis ?

— Là, tu aurais dit « je suis désolé ».

Elle reprit son souffle et, piégée dans la toile qu'il avait tissée autour d'elle et incapable de prononcer un mot de plus, elle se tut.

— Quoi encore ? la pressa-t-il.

— Tu m'aurais serrée contre toi en me disant que tout irait bien, que tu resterais auprès de moi, désormais. Auprès de nous.

Il s'approcha davantage et prit son visage dans ses

mains sans la quitter des yeux. Prisonnière de son regard, de la chaleur de son corps si proche du sien, elle gémit.

— Et ensuite ?

— Tu m'aurais embrassée.

C'était comme si une inconnue parlait à sa place. Une inconnue bien loin d'elle et de Sebastian.

Il baissa la tête, ferma les yeux et, lèvres offertes, attendit son baiser.

Elle frémit quand il effleura sa bouche de la sienne et se tendit vers lui, brûlante de désir. Il la prit par la taille et la plaqua contre lui, tandis qu'elle enroulait les bras autour de son cou.

Il approfondit son baiser.

— Sebastian…

— Oui.

Elle avait murmuré son nom. Comme une supplique.

Elle hocha la tête, sans réfléchir, et rouvrit brusquement les yeux.

— Non, Sebastian. Arrête ! Il ne faut pas…

La main sur sa poitrine, elle le repoussa.

— Pardon, je ne voulais pas…

Interdit, il se passa la main sur le visage et, de nouveau, la regarda.

— Cela fait tellement longtemps que je… que je rêve de toi.

— Moi aussi. Mais ce n'étaient que des rêves…

Elle avait les mains moites, et les nerfs à fleur de peau.

Mon Dieu ! Comme elle avait envie de lui !

Elle qui croyait qu'elle n'aimait plus le sexe depuis longtemps !

Bien sûr, elle avait fréquenté des hommes depuis la naissance d'Angel, surtout pour apaiser l'inquiétude de sa grand-mère qui redoutait de la voir finir « vieille fille », comme elle disait. Mais c'était toujours presque à contrecœur, sans réel désir.

Ce qui se passait aujourd'hui était tout à fait différent. Elle se sentait électrisée. Les nerfs à vif. Le corps en feu. Submergée par le désir de se donner à lui après ces seize années à espérer son retour.

Elle passa la langue sur ses lèvres tremblantes.

— Mais ne t'inquiète pas, reprit-elle. Je ne suis plus l'ado naïve que j'étais à seize ans. Je ne rêve plus depuis longtemps. Ce qui compte aujourd'hui, c'est que personne ne souffre.

— De qui parles-tu ? D'Angel ?

— Oui. Ce n'est pas le meilleur moment pour lui annoncer que tu es son père, dit Flick.

— Mais pourquoi ? Il n'y aura jamais de moment idéal !

— Si, mais pas actuellement. Elle est en pleines révisions. Ses examens approchent. J'ai peur qu'en lui parlant maintenant, on ne la déstabilise et qu'elle rate ses examens. Elle a beaucoup travaillé, Sebastian. La mort de sa grand-mère l'a énormément affectée. Ça n'a pas été facile pour elle mais je constate qu'elle va mieux. Alors, la déstabiliser de nouveau, maintenant… Je ne pense pas que le moment soit bien choisi. Tu comprends ?

Inquiète, elle attendit sa réponse. Il semblait contrarié. Tant pis, il fallait qu'il comprenne.

— Je ne cherche pas à te contredire, Sebastian. Nous lui dirons. Bien sûr que nous lui dirons !

Une idée lui traversa alors l'esprit.

— À moins que tu ne refuses.

La sonnerie d'un téléphone portable interrompit leur échange. Ils se regardèrent.

Avait-elle pu mal interpréter sa réaction ? Avait-il peur que cette nouvelle se répande ? Peut-être avait-il envie de faire ses bagages et de se sauver de nouveau ?

Il sortit le mobile de sa poche et consulta l'écran.

— Zut ! Il faut que je réponde.

Elle comprit qu'il hésitait. Son regard était noir, dur.

— Une chose est certaine, Flick : on lui dira.

— Oui, mais pas tout de suite.

— D'accord. On en reparle demain. Discrètement. Peux-tu trouver quelqu'un pour s'occuper des petits déjeuners de l'hôtel à ta place ?

Sur ces mots, il s'échappa.

Une fois seule, Felicity se détendit quelque peu. Se perdre en lui était tentant, et cela arriverait certainement. Car il n'était plus l'adolescent fuyant sa famille qu'elle avait jadis connu, mais un homme et un adulte responsable, maintenant. Un homme qui risquait, si elle n'y prenait garde, de détruire une nouvelle fois sa vie. Puisqu'elle le savait, il fallait qu'elle se raisonne et réfrène son excitation et son désir.

Elle prit une profonde inspiration et tenta de voir le bon côté des choses. Sebastian était revenu et Angel avait un père, désormais. Devant eux, le chemin s'annonçait peut-être semé d'embûches, mais tout finirait bien.

C'était certain, non ?

5.

Le sang cognait à ses tempes quand il se réveilla. Il avait dormi une heure, deux tout au plus.

Le reste du temps, il avait fixé le plafond. Même Theo avait compris qu'il se passait quelque chose, car il s'était montré très évasif au téléphone… Finalement, il avait dû avouer à son frère qu'il n'avait même pas franchi les grilles de la propriété.

Pour l'heure, il ne pleuvait plus. L'air était même vif et frais. Et ce que la nuit lui cachait, la veille, apparaissait maintenant en pleine lumière.

C'était pittoresque. Les fleurs dans les bow-windows, les tables de bistrot vintage de chaque côté de l'entrée, le cerisier, une vieille bicyclette jaune appuyée contre le tronc du gros arbre, des fleurs encore, dans des paniers suspendus… Mais la bâtisse avait besoin de travaux. Rien n'échappait à l'œil critique du bâtisseur qu'il était.

À l'intérieur, c'était comme il l'imaginait, simple mais confortable.

Il avait laissé Flick avec Bill, venu, comme promis, vérifier la chaudière. Comme Annie avant elle, Flick comptait sur les artisans locaux pour entretenir son hôtel. Mais ceux-ci vieillissaient. Un établissement, même modeste comme le sien, exigeait des fonds pour être maintenu à flot. L'avenir semblait donc incertain, pour elle et pour sa fille.

Comment pouvait-il aider ? Accepterait-elle de l'argent ?

C'était peu probable. N'empêche, il lui devait au moins seize années de pension alimentaire. Ce serait un début. Cet argent, il l'avait sous la main et pouvait facilement le lui donner.

Il se frotta la nuque pour se détendre.

Comment Angel réagirait-elle en apprenant qu'il était son père ? Aurait-elle envie de faire vraiment sa connaissance ou le détesterait-elle pour les avoir abandonnées, sa mère et elle ? Lui en voudrait-elle d'être revenu ? Où reprocherait-elle à sa mère de ne lui avoir jamais rien révélé ?

Soudain, il sentit de curieux picotements dans son dos. C'était sûr, on l'observait.

Il se retourna. De l'autre côté de la rue, près de la poste, deux vieilles femmes bavardaient en le regardant. Plus loin, devant la boulangerie, un homme et une femme en faisaient autant. Sebastian leur adressa un sourire qu'ils ne lui rendirent pas.

Apparemment, il n'était pas le bienvenu ici.

Heureusement, Flick arrivait.

— Désolée de t'avoir fait attendre, s'excusa-t-elle.

Elle était ravissante, et tellement naturelle avec ses joues roses, ses yeux bleus, sa queue-de-cheval et ses bottes de trappeur.

— Pas de problème. Tu es prête ?

— Oui. Si tu ne tiens pas à faire l'objet des cancans d'Elmdale, dépêchons-nous de partir. Où va-t-on ?

— J'ai pensé à Ferrington. Je crois que nous avons tous les deux, là-bas, de vieux démons auxquels nous devons tordre le cou.

Elle sourit et lui emboîta le pas.

Quand elle avait ouvert ses volets, ce matin, Felicity avait tout de suite su que cette luxueuse berline appartenait à Sebastian Ferrington. Ou plutôt… Sebastian Dubois.

Elle ne parvenait pas à retenir ce nom, et encore moins à l'associer à lui. Il était tellement français ! Il ne cadrait pas avec Sebastian, digne représentant de l'aristocratie britannique, même s'il avait fui ce milieu.

Confortablement assise sur son siège en cuir, Flick faisait semblant de regarder la route. En réalité, elle l'observait du coin de l'œil. Il avait un visage énergique, une poitrine et des bras musclés. C'était incontestablement un homme séduisant.

— Es-tu retourné à Ferrington depuis ton retour ? dit-elle pour distraire son esprit des pensées qui l'agitaient.

— Non. J'y suis passé hier soir mais… je n'ai pas eu le courage de franchir les grilles.

Étonnée, elle se tourna vers lui.

— Vraiment ?

C'était incompréhensible. Sebastian avait toujours été fort et courageux, plus que n'importe quel garçon de son âge. Comment le jeune homme prêt à tout qu'il était avait-il pu devenir un adulte timoré ?

« Nous avons tous les deux, là-bas, de vieux démons auxquels nous devons tordre le cou… »

Ces démons le hantaient-ils toujours alors qu'il était maintenant maître de son destin et que son grand-père n'était plus de ce monde ?

— Je ne t'en voudrai pas si tu le dis.

— Quoi ? Que veux-tu que je dise ?

— Que je suis ridicule. Je sais, ce n'est qu'une maison. Je ne devrais pas reculer devant des pierres. J'ai beau me répéter que…

— Ah ! Je comprends pourquoi tu es venu chez moi hier soir… Enfin, dans mon hôtel.

— Non. Ce n'est pas la seule raison, Flick.

Un silence se fit, puis il ajouta :

— J'avais envie de te voir.

Comme si cet aveu le soulageait, il se détendit, desserra les mains sur son volant. Même sa voix avait changé…

— Ah ?

Elle sourit et, soudain, ne vit plus l'entrepreneur qui avait réussi, mais le tout jeune homme qu'elle avait tant aimé.

Son cœur s'emballait, et elle essaya de se raisonner.

— Comment savais-tu que je serais là ?

— Je n'en savais rien.

Elle détourna les yeux. Cet homme était un danger pour elle, elle en avait déjà fait l'expérience. Elle ne voulait pas de ses confidences. Ne voulait pas succomber à son charme. Mieux valait qu'elle garde ses distances et oublie ce qu'ils avaient vécu pour ne penser qu'à l'avenir. À celui d'Angel, à son bonheur.

La nuit passée, étendue dans son lit, encore tout étourdie par leur baiser, elle s'était interrogée. Comment Angel prendrait-elle la nouvelle ? Leurs vies allaient-elles changer ? Dans quelles proportions ?

Angoissée, elle avait eu du mal à s'endormir.

Plongée dans ses pensées, elle sursauta quand, se penchant devant elle, il ouvrit la boîte à gants.

— Voilà, dit-il en actionnant le boîtier commandant les grilles qui l'avaient tant rebuté la veille.

— Déjà ?

— Oui.

— Il y a encore du personnel ici ?

La dernière fois qu'elle était venue à Ferrington, elle était jeune et enceinte, et désespérée.

— Juste les personnes nécessaires pour entretenir les bâtiments. Un endroit inhabité finit par se dégrader. Ça peut aller très vite.

Elle ravala l'envie de pleurer que cette propriété et ses souvenirs lui inspiraient.

— J'ai fait préparer une chambre et nettoyer la cuisine.

Une chambre…

Sous les roues, le gravier crissait, troublant le silence qui régnait de nouveau dans l'habitacle. Le long de l'allée qui serpentait jusqu'à la résidence, les cerisiers étaient en fleur.

— J'avais oublié combien les arbres peuvent être beaux à cette époque de l'année, murmura Flick. C'est somptueux.

— Ma grand-mère les adorait. Quant à mon grand-père, il ne rêvait que de les remplacer par des tuyas au prétexte que les fleurs, en tombant, salissaient l'allée et qu'il fallait du personnel pour ratisser. Un cauchemar, selon lui.

La propriété était belle et paisible. La maison, plus imposante que dans son souvenir avec ses épais murs de pierres, ses tourelles aux quatre coins, avait des airs de château de la Belle au bois dormant. Un petit lac avec, en son centre, la statue d'un amour crachant de l'eau, et une topiaire, véritable sculpture végétale, agrémentaient le parc.

— Mon grand-père était ce qu'il était mais il aimait cet endroit. C'était sa chair et son sang.

Sebastian se gara devant l'escalier monumental mais ne descendit pas tout de suite.

— Je m'attends à voir surgir le majordome, dit-elle.

— Ce bon vieux Higgins ! Il est mort depuis longtemps. Tu te souviens ? On n'arrêtait pas de lui jouer des tours !

Ils se regardèrent et éclatèrent de rire.

— Je croyais qu'il y avait du personnel ?

— Il y en a mais ils sont en congé pour deux jours.

— Tu préférais qu'ils ne voient pas ta réaction ?

Il ne commenta pas.

— Mais tu m'as amenée, moi.

— Avec toi, je me suis toujours senti fort.

Elle ne put retenir un rire sans joie. C'était peut-être vrai à l'époque mais plus aujourd'hui. Il était riche, fort, et ne devait pas sa réussite à son milieu d'origine mais à son propre mérite. Et, malgré cela, il n'hésitait pas à lui montrer sa fragilité. Cherchait-il à lui faire croire qu'il avait besoin d'elle ?

— Ton frère est venu voir la maison ?

— Non. Il doit me rejoindre prochainement pour m'aider à évaluer les travaux à réaliser.

— Des travaux ? Tu trouves que cet endroit a besoin de travaux ?

Immanquablement, elle pensa à son hôtel, qui avait clairement besoin d'être rénové. Mais Ferrington ?

Il l'avait dit avec une exaltation qui l'avait frappée. Pourquoi ? Envisageait-il de démarrer une nouvelle vie ici ? Une vie dans laquelle leur fille aurait sa place…

Elle pensa de nouveau à Angel. Sa fille aurait-elle envie de vivre ici avec lui, à l'abri du besoin, sans avoir à s'inquiéter pour l'avenir de l'hôtel ?

— Bien, installons-nous d'abord. Nous aurons ensuite tout le temps pour parler.

Soudain prise de panique, elle prit une profonde inspiration.

— D'accord.

En tremblant, elle ouvrit sa portière et mit pied à terre, heureuse de sentir l'air frais sur son visage.

Plus vite ils discuteraient, plus vite elle connaîtrait ce qu'il avait en tête et pourrait s'en aller, sans arrière-pensée mais triste de quitter l'homme incroyablement attirant qu'il était devenu.

6.

Sebastian inspecta les marches du perron. Pas de fissures, pas de pierres descellées. La pierre dorée du Yorkshire étincelait au soleil. Les fenêtres étaient intactes, les tourelles tenaient debout.

Tout était d'aplomb, comme le vieil homme l'aurait voulu.

Une sensation de froid dans le dos, il frissonna. Il faisait pourtant anormalement doux pour la saison, disait la météo. Peut-être était-ce le contraste avec la chaleur que lui communiquait Flick dans l'habitacle… Elle était si proche de lui qu'il sentait le froid quand elle s'éloignait pour regarder par la vitre.

Avait-il fait une erreur en l'amenant ici ? Avait-il péché par égoïsme ? Peut-être était-elle encore sous le choc de la fin de non-recevoir de son grand-père ?

Entendant le gravier crisser derrière lui, il jura, furieux de ne pas oser se retourner.

Il y a seize ans, il lui aurait pris la main, aurait mêlé ses doigts aux siens… Mais il avait déjà franchi la limite, hier soir, en l'embrassant comme si ces seize années n'avaient pas existé.

Quand elle arriva à sa hauteur, elle releva ses lunettes de soleil et remit quelques mèches de ses cheveux en place.

Ses doigts le démangeaient. Il brûlait d'envie de défaire sa queue-de-cheval et de glisser la main dans ses cheveux pour les voir se dérouler sur ses épaules, comme *avant*. Avant qu'il ne bouleverse sa vie…

Il sentit sa gorge se serrer, son cœur s'accélérer. Les émotions lui étaient-elles si étrangères qu'il ne sache comment les dominer ? Theo se serait moqué de lui s'il l'avait vu, empêtré dans une situation qu'il ne savait pas gérer. Il aurait même été heureux que, pour une fois, son frère d'ordinaire si détaché ressente quelque chose.

Elle marchait à côté de lui, maintenant. Aucun d'eux ne parlait. Sebastian repensait à sa vie ici. Une prétendue vie de famille. Flick, sa fille, et lui… formaient-ils une famille, maintenant ?

Il regarda Flick comme s'il cherchait la réponse à une question. Non, ils ne formaient pas une famille. Une famille, ce n'était pas seulement les mêmes parents, le même sang. Son grand-père le lui avait souvent répété : « La famille, c'est un lien qui se noue au fil du temps. » Un lien qui supposait confiance, entraide et plaisir d'être ensemble… Comme l'amour.

— Quelle maison ! dit-elle. Elle est imposante.

— Oui et je vais devoir faire pas mal de travaux. De mise aux normes, surtout, et de confort.

— On y va ? demanda-t-elle.

En tremblant, il tourna la clé dans la serrure et poussa la porte.

Rien n'avait bougé. Des draps blancs protégeaient les tableaux et les objets précieux. Les deux bergères devant la cheminée, dans lesquelles personne ne s'asseyait jamais, le piano à queue sur lequel jouait sa grand-mère, une paire de statues posées de part et d'autre de l'arche qui ouvrait sur les salons d'apparat, tout était là, tel quel.

La gorge nouée par l'émotion, il passa discrètement un doigt dans son col pour desserrer sa chemise. Mais Flick perçut son geste et, doucement, tendit la main vers lui.

Évidemment, elle avait compris. Elle le comprenait toujours.

— Viens… Faisons une visite rapide, proposa-t-elle. Ensuite, nous parlerons.

Il fit oui de la tête. Dans quelques instants, il se concentrerait sur ce qui importait dorénavant : Flick, Angel et leur avenir à tous les trois. Sa société s'occuperait de faire réaliser les travaux, de la gestion de l'hôtel et des futurs clients. La propriété serait méconnaissable et il n'aurait plus de raison de remettre les pieds ici s'il ne le souhaitait pas.

Ils déambulèrent dans la maison, au hasard des pièces, leurs pas résonnant dans le silence de cathédrale de cette vieille demeure.

— Rien n'a changé, ici.

Elle serrait toujours ses doigts. Sa présence était apaisante, rassurante.

— Mon grand-père voulait que tout reste en l'état, comme lorsqu'elle vivait encore là. Qu'on ne dérange rien.

Il sentit son regard sur lui.

— Il adorait ma grand-mère. Mais il n'a aimé qu'elle dans sa vie. Il ne lui restait pas d'amour à donner aux autres.

— C'est assez tragique.

— C'est de l'égoïsme.

Il dégagea sa main.

— Je me rappelle quand ils ouvraient leur maison pour accueillir le grand gala de l'été, dit-elle. C'était l'événement de l'année. Tout le village venait.

Ce souvenir le fit sourire. Il aimait se rappeler cette fête-là. La musique, les jeux, les bonnes odeurs de pains, de brioches, de gâteaux, tout chauds…

— On mangeait beaucoup, beaucoup trop…

— On se régalait… C'était une merveilleuse tradition ! Quel dommage que ça n'ait pas continué.

Son sourire s'évanouit. Comme si une rafale de vent le giflait au visage, il frissonna.

— J'espère que le village a continué à s'amuser.

— On a compris que ton grand-père ne voulait plus de cette fête chez lui. C'était la passion de ta grand-mère. Elle adorait l'organiser, y participer aussi, évidemment.

Préférant lui épargner le souvenir tragique de ce dernier gala, elle se tut. C'était en prenant part à cette fête que la grand-mère de Sebastian s'était tuée. Si son cheval ne s'était pas cabré au moment de sauter l'obstacle, elle ne serait pas tombée, ne serait pas morte et son grand-père ne se serait pas muré pour toujours dans son deuil et son chagrin.

Sebastian ne serait peut-être pas parti.

Il aurait peut-être été… un père.

— C'est une fête que tu pourrais peut-être ressusciter, un jour ?

Jamais ! Il ne voulait pas de cette propriété, ni de ses drames. D'abord, la mort de sa grand-mère, et ses obsèques, dignes d'une star au sommet de sa gloire, qui leur avaient valu d'avoir été harcelés pendant des mois par des journalistes. Puis l'accident de voiture de son père et les années qui avaient suivi. La découverte que son enfance avait été un mensonge…

Non. Pas question !

Il serra les poings. La transformation de la propriété en hôtel effacerait toute trace de la misère des années passées ici. *Exit* Ferrington. Dorénavant, cet établissement serait à lui, et s'appellerait Dubois !

Elle prit de nouveau sa main. Ses doigts étaient chauds et doux.

— Ce voyage dans le passé a assez duré, non ? Si on buvait quelque chose ?

— Bonne idée, acquiesça-t-il.

— J'ai toujours de bonnes idées ! plaisanta-t-elle.

Comme autrefois, sa remarque le fit rire. Comment parvenait-elle à l'amuser dans ce lieu peuplé de fantômes ?

À l'éloigner du gouffre dans lequel sa colère menaçait de le précipiter ?

Il l'emmena dans la cuisine. À part la machine à café flambant neuve qu'il avait demandé qu'on achète, elle était « dans son jus ». Placards en chêne sombre, tables en marbre… Il la connaissait par cœur, cette cuisine, pour y avoir passé des heures dans les jambes du personnel… Intéressé par la nourriture et en quête d'un peu d'attention.

— C'était ta pièce préférée.

Il lui sourit.

— Tu t'en souviens ?

— Bien sûr.

Ils se regardèrent. L'espace de quelques secondes. L'air sembla se raréfier. Elle sentit qu'elle rougissait et, brusquement, elle virevolta.

— Je vais nous faire des cafés !

— Non.

Il la prit par le bras et l'attira de nouveau à lui.

— C'est à moi de m'en occuper.

À contrecœur, il la lâcha… Avant de céder à son désir de la serrer contre lui, de l'embrasser, de la caresser pour rattraper le temps perdu.

Mais il ne le rattraperait jamais.

Plutôt que de la regarder, il mit en marche la machine à café. C'était plus sûr… Quand il se retourna, elle était de dos et regardait la piscine de taille olympique qui faisait jadis la fierté de son grand-père.

— Flick ! Si tu me parlais un peu… d'elle ?

Elle pivota sur ses bottes de trappeur et lui sourit.

— D'Angel ? Maintenant ? Volontiers, mais par quoi vais-je commencer ?

— Par le commencement. La grossesse, la naissance, les premiers jours… Je veux tout savoir.

Les premiers moments importants s'étaient déjà estompés

dans son souvenir. Les premiers mots d'Angel, ses premiers pas, ce qu'elle aimait, n'aimait pas, ses colères aussi…

Mais sa détresse avait été si grande qu'elle n'avait pas bien enregistré. Son hôtel, grand-mère et Angel étaient passés au premier plan. Au détriment de ses études et de sa carrière.

— Tu regrettes d'avoir arrêté tes études ?

— Non. Ma fille a très vite été tout pour moi et, dans le village, ils ont tous été merveilleux. On m'a aidée quand j'en avais besoin. Grâce à eux, et à grand-mère, je ne me suis jamais effondrée.

Comme sa voix se brisait, il posa sa tasse de café et se pencha vers elle mais elle avait tourné la tête pour qu'il ne voie pas ses larmes.

— Angel m'a aidée à tenir le coup. Sans elle…

Elle le regarda.

— J'avais aussi mon hôtel. J'avais beaucoup à faire, pas vraiment le temps de penser, de m'apitoyer sur moi-même… du moins le jour.

Elle marqua une pause et ajouta, le sourire aux lèvres :

— Elle est formidable, tu sais. Elle est intelligente, affectueuse, sérieuse dans ses études et elle a l'air heureuse. Elle a beaucoup d'amis qui l'adorent.

— C'est merveilleux, Flick. Tout le mérite te revient, tu sais. Apparemment, elle est aussi très raisonnable. Je me demande de qui elle tient !

— Qu'essaies-tu d'insinuer ?

— Je n'insinue rien. Je dis que nous, nous n'étions pas raisonnables, dans notre jeunesse.

— Sais-tu qu'avant de te connaître, je n'avais rien fait de déraisonnable.

Comme si les images de ces moments magiques ressuscitaient chez elle un désir assoupi, elle piqua un fard.

— Tu veux dire que je t'ai… dévergondée ?

— Tu ne vas pas dire le contraire !

— Non.

Si elle ne se méfiait pas, il pouvait de nouveau faire d'elle ce qu'il voulait, lui briser le cœur et s'en aller, sans un regard.

Gênée par le tour que prenait cette conversation, elle changea de sujet.

— Angel est très entourée, dit-elle, revenant à sa fille.

— C'est ce que je comprends. Tant mieux pour elle.

Sa voix avait changé, elle était grave subitement, triste même, comme s'il regrettait quelque chose. De ne pas avoir été lui-même très entouré ?

Il n'était pas seul, pourtant. Il avait un frère, et devait également avoir des amis. Sans parler des femmes qui devaient le convoiter…

— Et toi ? demanda-t-elle. Tu as un frère. Tu as beaucoup d'amis ? Une épouse, j'imagine ?

Elle se tut. La question avait fusé sans qu'elle puisse la retenir.

Le front plissé, il la regarda. Où voulait-elle en venir ? Il attendit.

— C'est juste pour savoir, insista-t-elle. Parce que si Angel…

— Pas de problème, Flick. Tu as le droit de demander. La réponse est *non*, je ne suis pas marié.

Il vit son expression changer.

— Franchement, crois-tu que je t'aurais embrassée hier soir si je l'étais ?

Il inspira une grande bouffée d'air.

— En fait, entre ma mère dont je me suis occupée pendant des années, Theo qu'il fallait sans cesse recadrer et maintenant mes affaires, je n'ai guère eu le temps de faire des rencontres.

Elle laissa échapper un petit rire gêné.

— Tu es un célibataire endurci, alors ?

— Si on veut. En fait, je sors peu. Je n'aime pas les

mondanités. J'ai une gouvernante qui s'occupe de moi mieux que mon grand-père. Elle me traite comme son petit-fils.

C'était étrange. Quand elle l'avait connu, il était un pilier de pub et adorait faire la fête, et aujourd'hui il donnait l'impression d'aimer la solitude.

— Tu ne te sens pas trop seul, quelquefois ?

— C'est ma vie. J'ai choisi de vivre ainsi, Flick. Personne ne m'y a obligé.

— Et ton frère ?

— Tu te rappelles le rebelle qu'il était ? À la mort de notre grand-père, il s'est assagi. Il travaille avec moi, maintenant. Il ne boit plus.

— C'est une métamorphose, alors ?

— Je n'irais pas jusque-là ! Professionnellement, je lui fais confiance et inversement. Il participe au succès de ma société. En revanche, en matière de femmes…

Il regarda Flick, qui s'était crispée.

— Il est actif pour deux ! Ce n'est pas comme moi…

Comme elle le regardait d'un air sceptique, il demanda :

— Tu ne me crois pas ?

— Ce n'est pas cela, mais…

Elle rougit, tandis qu'une chaleur troublante envahissait tout son corps.

— C'est que… ça me paraît difficile à croire.

— Pourquoi donc ?

— Tu as vraiment besoin que je t'explique ? Que veux-tu entendre ? Que tu es attirant, séduisant, très bel homme ? Je suis sûre que depuis seize ans on te l'a souvent dit !

— Peut-être, mais cela ne change rien au fait que je n'ai pas l'âme d'un don Juan.

Elle avait du mal à croire qu'il était resté célibataire pendant toutes ces années, mais décida d'en rester là. Après tout, les détails de sa vie sentimentale ne la regardaient pas !

— Pourras-tu me pardonner ?

Sa voix la ramena à l'instant présent. Elle était grave, sourde. Comme une supplique.

— D'être parti.

Elle prit sa main. Elle avait autant besoin de le toucher que lui d'être rassuré.

— Oui, Sebastian.

Il retourna sa main et enveloppa la sienne.

— Je suis pétri de remords, dit-il.

Un doigt sur sa bouche, elle le fit taire.

— On ne refait pas le passé. Alors, pensons à l'avenir. Tu es là, tu es revenu, et c'est ce qui compte.

— Oui, mais j'ai tellement peur qu'elle me rejette. Qu'elle me déteste…

— Non, Sebastian. Tu ignorais son existence, et elle le sait. Je ne lui ai jamais dit du mal de toi. Je n'ai jamais douté de ton amour, à l'époque, et elle est assez fine pour comprendre qu'elle est une enfant de l'amour, malgré tout. Elle sait que nous nous aimions, mais que ce n'était pas le bon moment pour nous. Crois-moi, elle ne te détestera pas.

— C'est ce qu'on verra. Bientôt ?

— Fin mai, je dirais. Quand elle aura passé ses examens. Elle a de grands projets pour l'avenir et je ne veux pas prendre le risque de la perturber.

— Des projets ? Comme toi à l'époque.

— Oui, mais il n'est pas question de moi. On parle d'Angel. Et cesse de te mortifier ! Je ne te fais pas de reproche.

Il la regardait, incrédule. Elle aurait dû lui en vouloir. À cause de lui, ses rêves étaient partis en fumée.

— Ah bon ? insista-t-il.

Non, jamais elle ne lui reprocherait rien.

Portant sa tasse à ses lèvres, elle but un peu de café. Mais ce n'était pas ce dont elle avait envie, en ce moment précis.

— Je donnerais cher pour un verre de vin ! lança-t-elle.

Il éclata de rire. C'était tellement inattendu !

— Moi aussi !

Il se leva et lui tendit la main.

— Viens, je sais où se trouve la cave.

— Tu plaisantes ! Il n'est même pas…

Elle regarda sa montre. Cela faisait déjà un long moment qu'ils parlaient.

— Et puis, tu conduis…

— Je peux boire un verre, tout de même !

Pourquoi pas, après tout ? Il était là, il était revenu. Angel allait avoir un père, et elle et Sebastian… pourraient renouer le fil de leur histoire. Elle n'était pas sûre de ce qu'elle avait compris quand il avait évoqué les femmes, dans sa vie. Était-elle vraiment la seule qui comptait pour lui, pour qui il avait de l'affection ?

— Allons trinquer à nos retrouvailles ! dit-il en lui offrant son bras.

7.

Qu'avait-il en tête pour l'emmener là ? Pour descendre avec elle dans le cellier, qui avait abrité leurs premiers baisers, leurs premières caresses, leurs premiers fous rires d'adolescents amoureux ?

Il ouvrit la porte de la cuisine et la laissa passer.

— Je revois les clins d'œil que nous lançait la cuisinière, dit Flick.

Il sourit.

— Moi j'entends le cliquetis de la canne de mon grand-père sur le plancher, ajouta-t-il. Heureusement qu'il n'avançait pas vite !

Ils éclatèrent d'un rire complice et descendirent les marches. Il faisait frais dans la cave, pas assez cependant pour apaiser le feu qui brûlait en lui. Comment rester de marbre quand elle était là, toute proche, alors qu'elle lui avait tellement manqué !

Seize ans. Seize années où il avait tout fait pour ne pas penser à elle. Il lui avait fallu faire preuve de volonté, se forcer à se concentrer sur d'autres sujets… Il avait beaucoup souffert, mais ses affaires avaient profité de ses efforts.

— Si ces murs pouvaient parler…, commença-t-elle.

Il se tourna vers elle et la regarda. Elle avait rougi.

— Oui…

Les mêmes pensées, les mêmes images devaient tourner

en boucle dans leurs têtes. C'était inévitable. Mais il ne fallait pas qu'il se laisse envahir.

— Rouge ou blanc ? demanda-t-il sans réfléchir.

Son esprit était ailleurs. Loin des casiers, loin des bouteilles, loin du comptoir de dégustation… Loin de tout, sauf d'elle.

Elle devait, comme lui, repenser à leurs jeux. À leurs folles étreintes… Ses jambes autour de ses hanches, sa bouche, ouverte et avide de baisers. Il avait encore leur goût sur ses lèvres…

Il s'approcha d'une étagère.

— Celui-ci, je le connais bien, dit-il, sortant un vin blanc d'une étagère. C'est un pouilly-fumé. Fruité, vif, délicieux bu bien frais…

Pas aussi délicieux que ses baisers…

De nouveau, ses pensées s'égaraient, et il toussota pour revenir à l'instant présent.

— Un problème ? demanda-t-elle.

Feignant la surprise, il la regarda.

— Non. Pourquoi ?

Il ne dit rien et ouvrit la bouteille. Assise sur un tabouret, le menton dans une main, elle le regardait faire.

— C'est comme si tu n'étais jamais parti.

Elle fit glisser deux verres sur le comptoir.

— Cette cave m'appartient, maintenant. Mais elle n'est plus seulement à moi.

Pas certaine de bien comprendre, elle se tourna vers lui.

— Elle appartient aussi à notre folle jeunesse ! C'est ce que tu veux dire ?

Comme elle prononçait ces mots, d'autres souvenirs surgirent…

Leur premier baiser… Un frôlement, alors qu'elle prenait une bouteille, leur rire nerveux quand elle avait failli tomber de l'échelle qu'il tenait si mal. Un autre rire, vite étouffé quand il avait, pour la première fois, pris ses lèvres, qu'il rêvait de goûter depuis longtemps. Depuis que la gamine malicieuse qu'elle était, sa complice, était devenue beaucoup plus qu'une amie.

Elle se passa la langue sur les lèvres. Son regard avait changé, nota-t-il. Il était très sombre, maintenant.

— Tu sers ou je le fais ? demanda-t-elle.

— Tu es toujours aussi impatiente !

— Et toi, tu fais toujours comme si tu avais tout le temps devant toi !

Si seulement ils avaient pu avoir plus de temps !

Si seulement il avait su, ce soir-là, il ne serait pas parti, il ne l'aurait pas abandonnée, et tout ce temps aurait été épargné !

— Pourquoi n'as-tu pas essayé de me joindre ? demanda-t-elle.

Surpris par la brusquerie de sa question, il renversa son verre.

— Tu aurais pu me dire où tu allais. Et pourquoi tu partais.

— Nous n'avons pas eu le temps. Et même si nous l'avions eu…

Il y avait pensé des milliers de fois, depuis.

— Nous ne savions pas de quoi demain serait fait, juste qu'il fallait partir. Si mon grand-père nous avait retrouvés… Avec son argent et ses relations, il aurait pu faire de nous ce qu'il voulait car ma mère était psychologiquement fragile, et il le savait.

— Tu veux dire qu'il aurait été capable de retirer votre garde à votre mère ?

— Possible.

Il ne la regardait pas franchement parce qu'il ne lui disait pas tout. La vérité était trop insupportable.

— Ce fameux soir où il s'est mis en colère – je ne l'avais jamais vu dans cet état –, personne n'aurait pu le raisonner.

Lui non plus...

Voyant qu'il tremblait, elle lui prit la bouteille des mains.

Ce n'était plus la colère qui l'habitait, c'était de la rage. La scène avait été si violente que le souvenir ne s'était jamais estompé.

— Je comprends.

Non. Elle ne pouvait pas comprendre car il ne lui avait pas tout dit. Il ne pouvait pas. Elle serait horrifiée, si elle savait.

Elle remplit les verres et lui tendit le sien. Quand il le prit, elle remarqua son poignet cerclé d'une montre de luxe.

— À ta santé ! dit-elle. Et à tes futurs succès. Maintenant que tu es libéré de ton grand-père, tu vas pouvoir aller de l'avant.

Il hocha la tête. Pourquoi était-elle si gentille avec lui ? Il ne méritait pas son affection.

— Oh ! pardon ! dit-elle. Je ne voulais pas te contrarier.

Le verre qu'il tenait à la main pencha dangereusement.

— Je ne suis pas contrarié du tout. Mes succès, je les dois aussi à mon frère. On se complète, tous les deux. Je suis la tête, il est les jambes ! Il est aussi mon chargé de relations publiques. Moi, je dis ce qui est, sans filtre, quelle que soit la personne à qui je parle. Lui est plus diplomate.

— Tu as toujours été ainsi. C'est aussi pour ça que je suis tombée amoureuse de toi. À votre santé à tous les deux, alors !

Pensant à ce qu'elle venait de dire, il leva son verre.

— À ta santé ! Toi aussi tu as réussi : tu as une fille merveilleuse.

Elle leva vers lui un regard surpris.

— Ma fille et moi, c'est différent, tu sais...

— Oui, je sais. Mais tu es aussi l'heureuse propriétaire d'un hôtel que tu gères seule, vingt-quatre heures sur vingt-quatre, sept jours sur sept. Tout en élevant ta fille.

Ce n'est pas rien ! Sans compter ta grand-mère... Ça n'a pas dû être facile. Tout cela, c'est à toi que tu le dois, Flick.

Riant à moitié, elle détourna les yeux.

— Je suis sûre que ce n'est rien comparé à ce que font les femmes qui gravitent dans ton cercle.

— Détrompe-toi. Tu les vaux largement, toutes autant qu'elles sont.

Il fallait qu'elle le sache. Qu'elle cesse de minimiser ses talents. Il détestait l'entendre se dévaloriser.

— Tu ne crois pas que tu en rajoutes un peu ? se moqua-t-elle.

Croyait-elle qu'il mentait ? Qu'il lui disait cela juste pour lui faire plaisir ?

Il se pencha vers elle.

— Je dis toujours ce que je pense, Flick. Tu demanderas à mon frère, tout à l'heure, si tu ne me crois pas. Je ne sais pas mentir.

Elle but une bonne gorgée de vin et se redressa.

— À propos, où est ton frère ?

— À Paris. Il avait une soirée de gala. Il devrait bientôt rentrer.

Son intérêt pour lui, pour son frère, pour ce qu'ils faisaient tous les deux, était plutôt surprenant.

— C'était une soirée caritative en faveur d'une association de femmes battues. Il s'agit de financer des foyers pour les victimes de maltraitances, de sévices, de harcèlement.

Elle fronça les sourcils.

— Pourquoi cet intérêt pour cette cause ? As-tu toi-même fréquenté des foyers dans ta jeunesse ?

Il fit oui de la tête. Il n'en avait pas honte.

Si la chaîne d'hôtels Dubois proposait aujourd'hui des établissements de luxe fréquentés par une clientèle fortunée, elle offrait aussi des abris à ceux qui n'avaient nulle part où aller, personne vers qui se tourner. Des femmes, des hommes, des enfants...

— S'il n'y avait pas eu l'amie de ma mère quand nous sommes partis, je ne sais pas ce que nous aurions fait. Nous n'avions nulle part où aller.

— Je vois…

Gênée, elle glissa les mains sous ses cuisses.

Craignait-elle qu'il la touche ? Qu'il l'attire à lui ? Que se renouvelle une scène torride comme cette cave en avait connu autrefois ? Une scène où ils s'étaient tout permis, sans pudeur, sans frein…

Avant que ses pensées l'entraînent trop loin, il demanda :

— Angel travaille avec toi à l'hôtel ? Elle t'aide souvent ?

— De temps en temps. Et elle ne ménage pas sa peine.

— Et ses amis ? Elle a le temps de les voir ?

Penchée vers lui, elle fronça les sourcils.

— Où veux-tu en venir, Sebastian ?

— Nulle part. Je me disais que ça doit être difficile pour elle de mener de front les études, le travail à l'hôtel, les sorties… Elle est si jeune !

Flick s'était raidie et gardait le silence, mais son regard était éloquent.

— Comment peux-tu dire cela ? Tu ne sais rien de sa vie !

Confus, il la regarda.

— Excuse-moi. Je pensais tout haut, dit-il. Je n'avais pas beaucoup de liberté à son âge. Toi non plus, d'ailleurs. Et je… Non, rien.

Il détourna les yeux et changea de sujet.

— Si on emportait cette bouteille dehors ? Il fait tellement beau ! C'est dommage de rester enfermés.

Il fit mine de se lever mais elle ne bougea pas.

— J'aimerais clarifier certaines choses, Sebastian.

Lentement, elle glissa de son tabouret et s'approcha de lui. Elle était si proche, maintenant, qu'il sentait sa chaleur et voyait les paillettes dorées qui animaient ses yeux bleus.

— Tu es le père d'Angel, c'est incontestable, mais je

crois que tu n'as pas à juger de la façon dont je l'élève. Je le fais depuis seize ans et, comme tu t'en doutes, ça n'a pas été facile.

Elle planta son index dans son torse.

— Je n'apprécie pas que tu commentes notre façon de vivre. Tu comprends ?

La colère lui allait si bien qu'au lieu de le contrarier, son éclat lui donna envie de rire et de l'embrasser.

— J'ai fait du mieux que j'ai pu, poursuivit-elle. Angel n'a peut-être pas eu une enfance parfaite – je ne suis pas une mère parfaite – mais j'ai essayé et je l'aime infiniment.

Elle prit son verre de vin et partit vers l'escalier, le plantant là, navré du tour que prenait leur conversation. Il n'était pas jaloux de sa fille, évidemment, mais il aurait aimé partager un peu de l'amour que Flick lui portait.

— Je sais tout ça, Flick, dit-il, si bas qu'il se demanda si elle l'avait entendu. Je sais…

Heureuse de retrouver l'air frais, Flick prit une profonde inspiration.

Sebastian l'avait contrariée. Sur la défensive, elle l'avait agressé, un doigt planté dans sa poitrine. L'effet sur elle avait été immédiat, comme chaque fois qu'elle le touchait.

— J'avais oublié comme c'était joli, ici, murmura-t-il.

Elle se tourna pour le regarder. Il fixait la piscine et le paysage au-delà. Le soleil éclairait sa chevelure et accentuait le ton cuivré de sa peau. Il aurait pu être mannequin pour des parfums de luxe.

— Oui c'est très beau, acquiesça-t-elle.

— Ce paysage est unique, la piscine avec la forêt en toile de fond, les rapaces qui planent dans le ciel, les biches qui viennent paître… On oublie vite que tant de beauté existe dans la nature.

Elle fit semblant de regarder mais ses pensées étaient ailleurs, centrées sur les moments qu'ils avaient partagés.

— Je suppose que tu as voyagé dans le monde entier et vu beaucoup d'autres endroits merveilleux, non ?

Il se tourna pour la regarder mais elle ne bougea pas.

Allait-il penser qu'elle était amère, jalouse de sa réussite, alors qu'elle n'était que la modeste propriétaire d'un malheureux hôtel qui tirait le diable par la queue et ne savait jamais de quoi le lendemain serait fait ? Car c'était ça, sa vie.

Certes, songea-t-elle, mais tout le village la soutenait et elle pouvait compter sur Angel. Lui n'avait pas tout cela, et cela devait lui manquer.

Se réconfortant à cette pensée, elle attrapa son sac en jean et en sortit l'album photo qu'elle avait pris soin d'emporter.

— Je sais, un album ce n'est pas moderne mais je suis l'exemple de ma grand-mère.

Elle rit et le glissa devant ses yeux.

— Ça commence quand j'étais enceinte, jusqu'à aujourd'hui.

Il garda le silence, fixant la couverture de l'album sans l'ouvrir.

— Je ne sais pas quoi dire.

— Tu n'as pas besoin de parler. Regarde, c'est tout.

Il la fixa, hésita et finalement tourna la première page.

— Tu étais belle, enceinte. Tu respirais la santé. Mieux, même : tu étais rayonnante !

Il tourna la page et fut saisi par l'émotion.

— Mon Dieu, comme Angel est petite ! Elle est minuscule. Tu as vu ses petits poings ?

Et il continua, page après page, s'émerveillant de tout cet amour. Soudain, il éclata de rire, et Flick se pencha pour voir. Angel, sur les genoux de sa grand-mère, lui dévorait un doigt.

— Elle était très gourmande…
— Comme sa mère, dit-il.
— Oh ! non ! C'était toujours toi qui finissais les restes.
— Avec toi.
Il la regarda, les yeux brillants, et continua de feuilleter l'album.
Il n'y en avait que pour Angel, encore Angel, toujours Angel !
— Je crois qu'elle n'aurait fait qu'une bouchée de toi, dit Flick. Elle va faire ta conquête en un instant. Tout le village l'adore, tu sais.
Il arriva à la dernière page.
— C'est tout ? demanda-t-il.
— Oui, cette photo est la dernière. Elle a été prise juste avant le décès de grand-mère.
Elle avala une grande gorgée de vin, puis resta songeuse un instant.
— C'est comme si le temps s'était arrêté après sa mort. Je n'ai plus…
Elle se tut et reposa son verre d'une main tremblante.
— Elle occupait une place si grande dans nos vies que je n'ai pas pu ajouter de photos sans elle. C'est idiot mais, comme ça, on a l'impression qu'elle est toujours là.
Elle tourna la tête pour cacher ses larmes.
— Pour moi, c'est comme si elle vivait toujours.
— Comme ma mère, ajouta Sebastian. C'est le prix à payer quand on a beaucoup aimé quelqu'un.
— Oui, sans doute.
— Mieux vaut perdre l'être qui vous a aimé que ne pas avoir été aimé du tout.
— C'est ce qu'on dit, répliqua-t-elle, songeuse.
Elle ne s'attendait pas à cette remarque. Quel message essayait-il de lui faire passer ?
Une sonnerie interrompit leur échange. Il regarda l'écran de son mobile.

— Il faut y aller, dit-il.
— Où ça ?
— À l'hôtel.
Il lui rendit l'album et se leva.
— Viens. Je vais t'expliquer en chemin.

8.

Theo était là. Il essayait de contenir la foule des journalistes accourus après la nouvelle du retour de Sebastian à Elmdale.

— C'est du délire ! lança Felicity. Tous ces gens !

— J'aurais dû m'en douter, dit Sebastian. Je ne pensais pas que la rumeur irait si vite.

— Les nouvelles circulent vite ici, tu devrais le savoir.

Il avait remarqué les regards posés sur lui, les murmures. Les gens n'avaient pas tardé à comprendre qui il était. Non seulement l'héritier disparu, mais Sebastian Dubois, le solitaire enfin sorti de sa retraite.

Imaginant les gros titres dans la presse, il laissa échapper un juron.

Il aurait dû s'y attendre.

— Je suis désolé, dit-il.

— Ne t'excuse pas, tu n'y es pour rien.

Lentement, il se gara. La Porsche de son frère était là, superbe.

— C'est ma faute, dit Sebastian. Ils sont ici à cause de moi.

Sautant les marches du perron, Theo se précipita.

— Suis-le, dit Sebastian. Il va t'ouvrir la voie. Je passe derrière.

Jouant des coudes, Theo se fraya un chemin et fit entrer

Flick chez elle. Avant de refermer, il se tourna et lança à la cantonade :

— Vous ne saurez rien de plus aujourd'hui !

Indifférent aux huées, aux sifflements, aux bousculades, Theo entra.

— Ils sont là depuis longtemps ? s'inquiéta Sebastian en les rejoignant.

— Avant le déjeuner, m'a dit Bree.

— Je vais voir Angel et Bree, déclara Flick. Où sont-elles ?

— Dans la cuisine.

Elle laissa les deux frères et partit retrouver sa fille.

Quel bazar ! Elle qui voulait protéger Angel à l'approche de ses examens, c'était raté ! Sans l'avoir voulu, Sebastian faisait entrer le chaos dans leur vie.

— Qu'est-ce qui se passe ? demanda Theo.

Theo était un géant blond, sympathique, impressionnant par la taille mais, visiblement, décontracté.

Apparemment, Flick n'était pas restée insensible à son apparition, ce qui avait contrarié Sebastian, brusquement piqué par une pointe de jalousie.

— Pourquoi as-tu changé de nom ? Et que veux-tu faire de la propriété ? lui lança Theo.

— Je vais t'expliquer. Mais tu veux vraiment savoir ?

— Pourquoi crois-tu que je suis là ?

Sebastian nota que son frère était fatigué. Et pour cause ! Il avait roulé toute la nuit depuis Paris. Pourquoi ? Il avait dû se passer quelque chose de grave pour qu'il soit venu.

— Pourquoi ? Parce que tu as dû quitter Paris précipitamment, non ?

— Il ne s'agit pas de moi, Seb. Il s'agit de toi. Maintenant, parle !

— Maman ! Il est temps !

Angel éteignit le téléviseur et posa la télécommande sur le comptoir.

— Je n'en reviens pas. Tu sais qui c'est, ton client ?

Mon Dieu ! Angel était déjà au courant ? Comment ?

Flick regarda Bree comme si elle était responsable mais c'était absurde : Bree ignorait que Sebastian était le père d'Angel.

Flick s'appuya contre le mur, prise de vertige.

Tout était arrivé si vite. Le retour en voiture et cette agitation devant son hôtel d'ordinaire si tranquille.

— C'est l'héritier des Ferrington, maman !

Comme Flick ne réagissait pas, Angel se précipita.

— Le P-DG des hôtels Dubois. Il est milliardaire. Nous avons un milliardaire sous notre toit ! C'est fou, non ?

Felicity poussa un soupir de soulagement. Angel ne savait rien. Enfin, pas encore…

Soudain, elle se répéta les paroles que venait de prononcer sa fille, et se figea.

— Qu'est-ce que tu viens de dire ? demanda-t-elle.

— Qu'il est richissime, maman.

Felicity regarda sa fille, abasourdie. Milliardaire ! Soudain, elle comprit. Sa voiture. Ses costumes. Sa montre. Cette aisance… Tout cela était dû à sa fortune. Elle le savait riche, mais pas à ce point.

— Et il est descendu chez nous ! reprit Angel. C'est bizarre, tu ne trouves pas ?

— Oui, c'est bizarre, répondit Felicity sans réfléchir. Je vais me faire un thé.

Elle avait besoin de s'éloigner, de réfléchir. Machinalement, elle saisit la bouilloire.

— Il envisage d'ouvrir un resort de luxe à côté de notre hôtel, déclara Bree. Je ne me rends pas compte si c'est bien ou mal mais je…

Felicity se tourna vers elle.

— Comment ?

— Tu n'es pas au courant ?

Felicity fit semblant.

— Si, mais… Qui te dit que ça va devenir un resort ?

— On ne parle que de ça dans les journaux. Les héritiers de Ferrington veulent faire de la propriété familiale un établissement de luxe, avec spa et court de tennis. Le village est déjà vent debout contre leur projet. Normal, on n'aime pas le changement, ici. Tu ne savais pas ?

La tête recommença à lui tourner. Non, elle ne savait pas. Comment pouvait-elle imaginer que Sebastian et la chaîne d'hôtels internationale Dubois étaient une seule et même personne ?

Mais pourquoi donc ne lui avait-il rien dit ? Elle comprenait mieux maintenant la présence de ces journalistes… Comme toujours, à l'affût d'un scoop. Et lorsqu'ils apprendraient qu'Angel…

Mon Dieu ! Elle devait le lui dire de toute urgence.

— Cet homme est une célébrité, maman. Et il est chez nous ! Il va peut-être nous amener des clients. Ce serait bien pour nos finances, non ?

Angel s'arrêta brusquement.

— Ça ne va pas, maman ? Tu es toute pâle !

Ses oreilles bourdonnaient, et elle se sentait incapable d'aligner deux mots. Non, elle n'était vraiment pas bien.

Le téléviseur était allumé. En bas de l'écran, un bandeau défilait.

Le milliardaire Sebastian Dubois réapparaît après seize ans d'absence. L'héritier de l'empire Ferrington développera la présence de la chaîne hôtelière Dubois dans le Yorkshire.

Machinalement, elle prit la télécommande et la posa sur le comptoir. C'était surréaliste. Elle avait l'impression d'être spectatrice d'un événement qui ne la concernait pas.

L'impression de vivre un rêve… qui n'en était pas un. Ce qui se passait là était bien réel. Et la concernait.

Une photo de Sebastian s'affichait à l'écran, une photo récente de l'homme qui se trouvait là, tout près…

Mais il n'était pas venu ici pour rester. Il était venu pour prendre possession de la propriété de famille et en faire un… un…

Elle ne parvint pas à prononcer le mot.

Il allait mener à bien son projet, puis il repartirait en France, ou ailleurs, comme si rien n'avait changé.

— Ça va, Flick ? s'inquiéta Bree. Tu veux t'asseoir ?

Felicity s'assit sur un tabouret. Il fallait qu'elle se ressaisisse, pas pour elle, pour Angel, mais…

— Flick, on peut se parler une seconde ?

Elle sursauta et se tourna du côté de la porte. Sebastian se tenait debout sur le seuil, mal à l'aise.

Il devait jouer la comédie.

Car rien n'était vrai, comprit-elle. Ni son air gêné, ni le lien qu'elle avait cru sentir se nouer entre eux ces dernières vingt-quatre heures.

— Je suis occupée.

— Je vais prendre les choses en main, intervint Bree. Les O'Brien seront absents toute la journée. On ne va pas ouvrir la terrasse. Avec tout ce raffut dehors, personne ne viendra. Ne t'inquiète pas, Felicity, je veillerai sur l'hôtel.

— Mais c'est ton jour de congé, Bree !

— J'avais prévu de rester ici. Tu m'as déjà tellement aidée, je peux bien te rendre ce service. Je vais essayer de nouvelles recettes avec Angel, n'est-ce pas, ma chérie ?

Angel opina.

— Allez discuter dehors ! insista Bree en sortant deux tasses du placard. Je vous apporte les cafés.

Felicity regarda Angel qui, de toute évidence, ne comprenait pas pourquoi cet homme voulait parler à sa mère.

« On ne veut pas de resort dans le village ! Qu'ils aillent s'installer ailleurs ! »

Felicity se raidit. Le téléviseur était allumé dans un coin de la pièce et Tim, le boucher, répondait au reporter qui lui tendait son micro. En arrière-plan, on apercevait le perron de l'hôtel.

« Un resort ? » reprit le journaliste.

Embarrassée, Felicity saisit la télécommande et éteignit le poste. Sebastian était blême.

— Je vous apporte des muffins avec vos cafés ! annonça Bree.

— Qu'est-ce que j'entends ? Des muffins ? lança Theo, qui les rejoignit. Si vous avez besoin d'un goûteur, je suis votre homme !

Angel éclata de rire, bientôt imitée par Bree. L'esprit ailleurs, Felicity ne prêta pas attention à cette plaisanterie. Elle avait d'autres soucis en tête. Pourquoi Sebastian l'avait-il laissée croire qu'il revenait pour de bon alors qu'il n'en avait pas l'intention ? Et pourquoi était-elle si triste ? Ils n'étaient plus rien l'un pour l'autre, pas même des amis. Il ne lui devait rien, après tout !

Mais il y avait Angel, et rien ni personne ne comptait plus au monde à ses yeux.

9.

Sebastian laissa passer Felicity devant lui et la suivit vers le bar. Voyant qu'elle scrutait les lieux, il ne put s'empêcher de dire :

— Ne t'inquiète pas, il n'y a personne.

Faisant mine de n'avoir rien entendu, elle alla vérifier que la porte était bien fermée et les rideaux des vitrines complètement tirés.

— Ils vont vite se lasser, reprit-il. Mes employés arrivent. Ils vont s'occuper d'eux.

— Tes employés ?

Il hocha la tête.

— Oui, en temps normal, quelques personnes se chargent de ma sécurité.

— Ah, je vois ! Sous prétexte que tu es milliardaire, tu fais ce que tu veux et tu es protégé…

Il nota son ton aigre mais fit semblant de ne pas le remarquer.

— C'est vrai, l'argent présente certains avantages. Écoute-moi, Flick.

Il avança vers elle, mais elle se déroba.

— Pourquoi ne m'as-tu rien dit ?

Ses yeux lançaient des éclairs. Elle fulminait.

— À propos de quoi ? Que voulais-tu que je te dise ?

— Tu le sais très bien. C'est évident, non ?

Il leva les bras en l'air.

— Je ne sais pas, non. Je suis actionnaire majoritaire de la chaîne d'hôtels Dubois, et à ce titre, je suis à la tête d'une fortune considérable. Est-ce cela que tu veux savoir ? Ça te fait rêver ?

Navré du dégoût qu'il lisait dans son regard, il se tut. Il ne s'attendait pas à une telle réaction de sa part.

— Je ne savais pas que je devais me justifier à tes yeux.

— Je me moque de ton argent, Sebastian ! Ce qui m'importe, c'est ce que tu vas faire de ta propriété. Je croyais que tu revenais pour t'y installer, mais j'apprends incidemment que tu as l'intention de tout transformer pour faire un de tes fichus hôtels pour riches !

Elle hocha la tête.

— Pourquoi ne m'as-tu rien dit ? Comment as-tu pu me laisser croire que tu revenais pour de bon ?

Sa voix se brisa.

Pour de bon ? Elle le voulait vraiment ? Chez elle. Avec elle. Lui ? Après ce qu'il lui avait fait…

Le cœur serré, il plaqua la main sur sa poitrine.

— Je te l'aurais dit, Flick. Évidemment. Mais tu…

Il regarda autour d'eux. Il savait que sa voix portait. S'il ne voulait pas être entendu par des oreilles indiscrètes, mieux valait qu'il se rapproche.

— Quand tu m'as appris la… nouvelle, je n'ai plus pensé qu'à ça.

Elle ne chercha pas à s'éloigner, mais elle croisa les bras et attendit qu'il poursuive.

— C'est pour ça que tu es contrariée, Flick ? Parce que je ne reviens pas m'installer ici ?

— J'ai cru que…

Il tendit la main vers son visage et caressa tendrement sa joue. Ses yeux étaient noyés de larmes.

— Tu as cru quoi ?

Qu'avait-elle cru, au juste ?

Qu'avait-elle espéré ?

L'improbable. L'impossible.

Qu'il allait revenir et qu'ils allaient fonder une famille, cette famille dont elle avait toujours rêvé et qu'elle n'avait jamais eue puisque c'était sa grand-mère qui l'avait élevée.

Ému par son désarroi, Sebastian resta un instant interdit, puis il prit son visage dans ses mains et elle le laissa faire.

— Je suis désolé, Flick. Je ne voulais surtout pas te faire de mal mais je ne pourrai jamais vivre de nouveau ici. Jamais. Après tout ce qu'il s'est passé.

— C'était chez toi, pourtant. C'était ta maison.

— Hélas, je n'y ai pas que de bons souvenirs.

Étonnée, elle écarquilla les yeux.

— Écoute-moi, dit-il. Ce n'est pas parce que je ne m'installe pas ici que je vous abandonne.

Elle remua la tête pour qu'il la lâche.

— Ce n'est pas pour moi, dit-elle. C'est pour Angel.

C'était en partie vrai, mais *en partie* seulement… Il le savait.

Au-dehors, le brouhaha s'amplifiait. Elle écarta le rideau de la vitrine pour jeter un œil à l'extérieur.

— On dirait qu'il en arrive encore, dit-elle, agacée. Les paparazzis sont partout !

Il jura. Il savait qu'elle détestait ça. Il leur restait une chose à faire, mais il savait qu'elle la détesterait aussi.

— Écoute, Flick. Theo et moi nous pensons qu'il vaudrait mieux que vous veniez avec moi à Ferrington, Angel et toi, le temps que cette folie médiatique soit passée.

De stupeur, elle faillit s'étouffer.

— C'est une plaisanterie, j'espère !

— Non.

— J'ai des clients, mon hôtel à gérer, Angel reprend ses cours la semaine prochaine… Non, non, je ne peux pas partir.

— Theo peut s'occuper de l'hôtel. Tu peux lui faire confiance. Quant à Angel, elle aura tout l'espace qu'elle veut pour étudier, loin de tout ce vacarme. Je la conduirai au lycée, si cela te rassure.

— Je peux l'emmener moi-même, ce n'est pas le problème…

Elle hochait la tête et sa queue-de-cheval lui balayait les épaules.

— C'est fou. Cette situation est délirante. Je ne peux pas m'installer à Ferrington avec toi, Sebastian !

— Je ne te comprends pas. Il y a une minute, tu te lamentais parce que j'allais repartir et maintenant tu refuses de venir passer quelques jours sous le même toit que moi !

— Passer quelques jours avec toi… ou une vie entière, ce n'est pas la même chose.

— Réfléchis, Flick. Les journalistes ne sont pas idiots. Ils ne vont pas s'interroger bien longtemps. Angel, toi, moi… Ils vont vite comprendre. Tu peux faire confiance à la presse pour sortir le scoop. *L'enfant cachée du milliardaire solitaire a fêté ses 16 ans.* Ou encore : *Le milliardaire avait abandonné sa petite amie enceinte.* Je te laisse imaginer les variantes possibles sur ce thème…

Ses doigts le démangeaient. Il avait envie de la caresser, de la consoler, de la rassurer… Il avait envie de l'embrasser, mais elle s'écarta.

— Il faut qu'on lui dise. Au plus vite.

— Oui, nous allons lui dire mais sortons d'abord d'ici, tu veux bien ? Tu peux faire confiance à Theo. Il sait ce qu'il fait. Je t'assure.

Elle se passa la langue sur les lèvres. Elle était inquiète et, comme toujours, pesait le pour et le contre. Mais il savait qu'il avait raison et qu'elle le savait.

Ferrington était une grande propriété, très sécurisée. Les journalistes ne pourraient pas s'y introduire, et Flick et lui pourraient dire calmement à Angel ce qu'ils avaient à lui dire.

— D'accord. Je vais faire mes bagages et réfléchir à la façon d'expliquer ça à Angel.

— Moi aussi, dit-il.

Mais il ne bougea pas. C'était comme si ses semelles étaient cimentées dans le sol. Ils s'installaient tous les trois. Flick, Angel et lui… Chez lui. Avec lui. Et même si ce n'était que provisoire…

Quelque chose remua en lui, quelque chose d'impossible à identifier et d'encore plus difficile à ignorer.

Qu'est-ce qu'il lui prenait ?

Un éclat de rire fusa dans la cuisine. C'était Angel, encore inconsciente de ce qui se tramait.

Comment réagirait-elle quand elle apprendrait la nouvelle ? Voudrait-elle partir avec Sebastian ? Elle venait de passer seize ans avec elle. Peut-être trouverait-elle juste de passer aussi du temps avec son père ? Sebastian pouvait tant lui apporter ! Des rencontres, son expérience de la vie, de l'argent pour parcourir le monde jusqu'à ce qu'elle se pose, une fois son choix fixé.

Angel n'avait pas besoin de sa mère pour tout cela. Felicity ne s'imposerait donc pas, elle n'empêcherait pas Angel de s'épanouir selon ses désirs, ni Sebastian de nouer un lien avec elle.

Mais où cela les mènerait-il, toutes les deux ? Mère et fille ?

— Salut !

Bree arrivait, un plateau sur les bras.

— Voilà le thé ! annonça-t-elle. Mais… Felicity, ça ne va pas ?

Allait-on enfin arrêter de lui poser cette question ? Depuis le retour de Sebastian, ça n'avait pas cessé.

— Tu n'es pas bien ? insista Bree. Tu veux qu'on parle ?

— Je croyais que tu faisais des gâteaux dans la cuisine ?

— J'ai demandé à Angel et Theo de faire plusieurs recettes. Ça va les occuper un certain temps.

De nouveau, des rires éclatèrent dans la cuisine.

— Je crois qu'elle aime bien Theo.

— Il faisait la couverture de *Girls* le mois dernier. Tu sais, le magazine pour ados. Je sais qu'elle l'a acheté.

Totalement déconnectée, Felicity sourit. Avec tout ce qu'elle avait à gérer, elle n'avait guère de temps pour cette littérature qu'elle qualifiait – sans le dire à Angel – de futile et frivole.

C'était donc pour cela que sa fille était surexcitée !

— Theo a un ego hypertrophié, déclara Bree. Il est persuadé que tout le monde l'adore.

— Et toi, qu'en penses-tu ?

Son ami la regarda un instant en silence, puis proposa :

— Viens, montons ! Parler te fera du bien. Je prends le plateau !

Assise sur le lit de Felicity, Bree discutait avec son amie.

— Si je comprends bien, Sebastian est le père d'Angel ? Il avait disparu pour échapper à l'emprise de son grand-père, un homme tyrannique, et aujourd'hui il est milliardaire et entend récupérer la villa Ferrington qui lui revient de droit. C'est bien résumé ?

— C'est exactement ça. Enfin, presque…

— Je sais, il ne va pas garder la propriété en l'état. Il va en faire un super resort. Mais, dis-moi, il est d'accord pour être… le père d'Angel ?

— Je crois que oui. Mais on n'a pas encore eu l'occasion d'en parler franchement, tous les deux.

— Bon, a priori tout va bien.

Felicity prit le thé que Bree lui avait servi et but.

— Il est fort. Ça fait du bien.

— Alors ? Pourquoi fais-tu grise mine ? Il est de

retour dans ta vie et veut faire la connaissance d'Angel. Il va vous emmener avec lui, dans sa propriété qui a l'air d'être un palais avec une piscine immense et un joli parc. Que veux-tu de plus ?

— C'est que… nous n'avons encore rien dit à Angel. C'est moi qui ai voulu attendre qu'elle ait passé ses examens.

— Je vois, tu repousses l'inévitable. Allez, souris ! Ça va aller. Ce sera sûrement un choc au départ mais elle est solide et elle a la tête sur les épaules. Et elle t'a, toi.

Si seulement elle avait pu partager l'optimisme de son amie !

Felicity se força à sourire.

— Et puis, c'est une bonne nouvelle pour toi aussi, reprit Bree. Il est plutôt séduisant !

— Oh ! Bree !

— Oui, pardon, je n'ai pas pu résister. Bref, tu dis que c'est un type bien, il n'y a donc pas de raison pour qu'il ne soit pas un bon père. Et maintenant qu'il est là, profites-en pour mieux le connaître. Qui sait… ?

Bree avait les yeux qui pétillaient.

— Non, il ne se passera rien. Nous allons parler à Angel et ensuite…

— Justement ! déclara Bree. C'est cet *ensuite* qui m'intéresse.

Malgré son inquiétude, Felicity ne put s'empêcher de rire. L'enthousiasme de son amie n'était pas communicatif, mais lui mettait du baume au cœur.

— Depuis ton histoire avec lui, tu n'as rencontré personne qui te donne envie d'une relation durable. Ça veut dire quelque chose, non ?

— Ça veut dire que j'ai été dévastée et que je n'ai pas l'intention de l'être de nouveau. Je ne vais pas tomber deux fois dans le même piège.

— Tu n'es pas très joueuse, Felicity !

— Désolée, Bree. Je suis un peu bousculée depuis

quarante-huit heures. Revoir mon amour de jeunesse qui m'a abandonnée alors que j'étais enceinte ne me fait pas forcément plaisir, tu sais…

Une drôle de sensation l'envahit subitement. Elle tourna la tête, et découvrit Sebastian dans l'encadrement de la porte. Il recula d'un pas.

— Excuse-moi, Flick. Je repasserai.

— Non, non, reste.

Elle avait les joues en feu, mais Bree jubilait.

— Je m'en vais ! lança-t-elle.

Et elle se leva.

— Ne t'inquiète pas, Flick. Je suis à côté. Si besoin est, Theo est là, il m'appellera.

Elle se pencha pour embrasser son amie et lui glissa à l'oreille :

— Fais bonne figure. Et pense à l'avenir…

Un clin d'œil et elle s'éclipsa, laissant Felicity abasourdie par son aplomb.

— C'est à toi, ces bagages ? dit Sebastian, le doigt pointé sur le lit.

— Oui.

Elle se leva à son tour, un peu gênée.

— Comment annoncer notre départ à Angel ?

— Dis-lui que tu t'éloignes le temps que la presse se calme.

— On ne part jamais, elle et moi. Même pas pour les vacances. Elle ne comprendra pas. Elle estime au contraire que la présence de la presse est une aubaine pour notre hôtel.

— Vraiment ?

— Oui, elle est excitée comme une puce. Pour moi, c'est un cauchemar. Elle va finir par apprendre et alors…

Il s'avança et lui prit doucement le bras.

— Chaque chose en son temps, Flick.

Sa main était tiède. Elle avait toujours adoré ce contact,

ses mains sur sa peau, sur son corps. Ses caresses étaient tendres et réconfortantes.

— Dis-lui ce que tu veux et une fois à la maison, nous lui parlerons, ensemble…

Elle fronça les sourcils.

— Tu as dit *à la maison* ?

— Oui… pardon.

Elle vit qu'il réfléchissait, comme si les mots lui avaient échappé et l'étonnaient lui-même.

— Je veux dire, quand nous serons à Ferrington. Nous lui dirons à ce moment-là. Ou tu le lui diras toi-même. Comme tu préfères.

10.

Sebastian se retourna.

Zut ! Elle était là, à la porte, les bras croisés et les yeux braqués sur eux. Angel.

Et lui qui caressait le bras de sa mère ! Cette tendresse, cette intimité ne la tromperaient pas…

Flick était blanche comme un linge.

— Viens t'asseoir près de nous, Angel, dit-elle.

Angel referma doucement la porte et s'approcha, l'air soucieux.

— Tu me fais peur, maman.

Inquiète, elle se pencha vers sa mère. Ses fossettes étaient creuses. Des fossettes comme celles de…

Noué, Sebastian prit une profonde inspiration.

— C'est peut-être le moment, Flick.

Elle posa la main sur le genou d'Angel.

— Ce que j'ai à te dire n'est pas facile. Mais avec tous ces journalistes aux abois, je ne veux plus attendre…

Elle se tourna vers Sebastian qui, d'un sourire, tenta de l'encourager.

— Maman ?

Flick regarda sa fille, puis Sebastian.

— Sebastian et moi nous sommes connus il y a longtemps. Nous étions… amoureux.

Elle eut un sourire plein de tendresse. L'amour qu'ils avaient partagé était toujours présent, toujours vivant.

Angel ne parut ni surprise, ni impressionnée.

— Ah… D'accord, maman. C'est cool, mais je ne vois pas pourquoi ça intéresse les journaux. Il n'y pas de quoi en faire toute une histoire, si ?

— Non, ma chérie, tu as raison. Mais quand même, ce n'est pas aussi simple.

— Ah bon ? Pourquoi ?

Elle observa attentivement sa mère, puis Sebastian, cherchant leur regard.

— Vous êtes en train de… vous remettre ensemble, c'est ça ? Oui, c'est ça. Tant mieux. Comme ça, tu ne seras plus seule, maman. Tu n'auras plus besoin de moi. Je ne serai pas ton ange gard…

Elle laissa sa phrase en suspens et regarda Sebastian, qui s'était raidi.

— Mais… quand tu dis que vous étiez ensemble, c'était quand, maman ?

— Il y a dix-sept ans. Sebastian est ton père, Angel.

Soudain, ce fut comme si la terre s'arrêtait de tourner. Angel blêmit, puis se tourna vers Sebastian.

— Depuis quand es-tu au courant ? demanda-t-elle, en proie à la plus totale confusion.

— Depuis hier soir.

Elle regarda sa mère.

— J'ai toujours cru que mon père avait disparu, que tu ne savais pas où il était ! Je croyais que c'était pour ça qu'il ne savait pas… Qu'il s'était volatilisé.

— C'est la vérité.

— Mais tout le monde le connaît, maman ! Il est très facile à joindre !

Elle hocha la tête, fâchée contre sa mère.

— Mais Theo… Tout le monde sait qui est Theo Dubois. Il est partout, à la télévision, dans les journaux…

Elle ne finit pas sa phrase. Elle était très en colère.

— Theo est mon frère, Angel, dit calmement Sebastian. C'est un personnage public. Pas moi.

Il ne pouvait pas la laisser agresser sa mère plus longtemps.

— Ce n'est pas la faute de ta mère, tu sais, ajouta-t-il, surpris par la réaction de l'adolescente.

Si elle continuait d'accuser sa mère, il allait s'impatienter et il fallait à tout prix éviter cela. Elle était assez grande maintenant pour comprendre, s'il prenait la peine de tout lui expliquer.

Il s'éclaircit la voix.

— J'ai quitté ta mère sans lui dire au revoir, sans laisser d'adresse, sans possibilité de me joindre. Nous avons changé de nom. Pour ta mère, j'étais Sebastian Ferrington, je m'appelle maintenant Dubois. Et même si elle m'avait vu à la télévision, il n'est pas certain qu'elle m'aurait reconnu.

D'un air rageur, Angel asséna :

— Alors ? On fait quoi, maintenant ? D'accord, tu es là pour l'instant, mais si j'en crois les rumeurs, tu ne vas pas t'éterniser. Tu es venu pour défigurer notre village et ensuite…

— Angel !

— Quoi, maman ?

— Il t'a abandonnée, il nous a abandonnées, c'est ça, la vérité ! lança-t-elle, les larmes aux yeux.

— Il ne connaissait pas ton existence.

— Et alors ? Il t'a laissée tomber, toi, maman. Il t'a brisé le cœur. Grand-mère m'a dit que tu étais folle de lui… Tu me l'as dit toi aussi et il devait le savoir !

— Ce n'est pas aussi simple. Il avait des raisons de partir.

— C'est ça ! De bonnes raisons pour rendre ma mère malheureuse et pour disparaître ensuite.

Elle foudroya Sebastian du regard.

— Tu aimais ma mère, au moins ?

— Oui.

— Angel, s'il te plaît…, murmura Flick en posant la main sur l'épaule de sa fille.

— Nous reparlerons de tout cela plus tard. Pour l'instant, nous allons faire nos bagages. Toi, tu as tes révisions. Avec ces journalistes dehors, il sera difficile de te concentrer. Sans compter que…

Flick regarda Sebastian et sourit timidement.

— … ça va être l'occasion pour vous de mieux vous connaître. Qu'en dis-tu, ma chérie ?

— Pourquoi veux-tu qu'on parte ensemble ? répliqua Angel. Tu sais que la presse va le suivre. S'il part seul, le problème est résolu.

— Ce n'est pas aussi simple, Angel. Tout le monde ici connaît notre histoire. Les journalistes apprendront vite ton existence et en tireront la conclusion qui s'impose. Ils ne sont pas idiots.

— Et alors ? Ils ne seront sûrs de rien.

— Tu penses que cela les arrêtera ?

— Ils vont te harceler, Angel. Jusqu'à ce que tu leur dises tout, intervint Sebastian, incapable de se retenir malgré la réserve qu'il s'imposait depuis le début.

Il soupira.

— Je veux vous protéger, toi et ta mère. Ferrington est l'endroit idéal pour ça.

— Ferrington ?

Le ton sarcastique heurta Sebastian mais il ne releva pas.

— Ferrington ! Vous voulez qu'on s'installe là-bas ? Comme une vraie famille ?

Elle se tourna vers sa mère.

— C'est une blague ?

Sur ces mots, elle se redressa, les yeux brillants de larmes.

— Vous arrivez un peu trop tard, monsieur Dubois.

Nous nous sommes bien passées de vous pendant tout ce temps et ça va continuer !

— Angel, s'il te plaît. Écoute-moi…

Angel repoussa sa mère qui s'était approchée dans l'espoir de la calmer et, hors d'elle, elle se précipita vers la porte et disparut.

Après un long silence, Sebastian se passa la main sur le visage et murmura :

— J'espérais que ça se passerait mieux.

Flick regarda la porte que sa fille venait de claquer.

— Ne t'inquiète pas. C'est un choc pour elle mais quand elle comprendra pourquoi tu es parti, elle reviendra à de meilleurs sentiments.

Il n'en était pas sûr. Et, dans le fond, il était d'accord avec sa fille. S'il aimait tellement Flick, pourquoi n'était-il pas revenu plus tard, quand il était adulte et libre de ses faits et gestes ? Que pesait son prétendu amour pour elle ?

— Je vais descendre les bagages et libérer ma chambre. Tu devrais aller lui parler et t'assurer qu'elle va venir. Je ne peux pas la forcer.

— Et si c'est non ?

— Je partirai quand même. Je veux la paix.

Sur le pas de la porte, elle s'arrêta. Redevenant alors le jeune homme qu'il était jadis, il faillit lui demander de dire quelque chose, n'importe quoi, qui suggère qu'elle ne voulait plus jamais être séparée de lui.

Il n'entendit que le silence.

Dans la voiture, l'atmosphère était à peine respirable.

Felicity jeta un coup d'œil à Angel qui, assise à l'arrière, regardait défiler le paysage en évitant soigneusement le regard de sa mère.

Au volant, Sebastian fixait la route, droit devant lui et serrait tellement fort le volant que ses doigts étaient blancs.

Elle soupira et s'agita sur son siège. Elle avait expliqué à Angel pourquoi Sebastian était parti jadis, et pourquoi il n'était pas revenu, mais sa fille n'avait pas desserré les dents.

Apparemment, connaître son père ne lui avait pas apporté beaucoup de joie. Penser à ce que pourrait être son avenir, non plus. À contrecœur, elle avait fait un sac avec ses livres et ses affaires et avait abandonné l'hôtel. Felicity l'avait vue monter dans la voiture, furieuse.

Elle regarda Sebastian du coin de l'œil. Il se dégageait de lui une impression de force et de confiance en soi qui la rassura.

Mais pourquoi n'était-il pas revenu, durant toutes ces années ? Pourquoi n'avait-il pas affronté son grand-père pour pouvoir la retrouver ?

Comme s'il devinait ses pensées, il lui lança un regard qui la bouleversa. Des papillons dans le ventre, elle posa la main sur sa jupe qu'elle lissa machinalement. L'effet qu'il produisait sur elle était toujours aussi dévastateur.

Bien sûr, il y avait eu ce baiser, l'autre soir, qui avait ravivé la flamme et excité son désir, mais ce qu'elle ressentait allait au-delà du désir. Et la faisait souffrir.

Non ! Il fallait qu'elle arrête de songer à Sebastian et tente d'apaiser les choses entre Angel et lui.

Dire qu'elle avait craint qu'Angel ne veuille partir avec son milliardaire de père ! C'était exactement le contraire qui se produisait : elle le rejetait.

Même si elle se sentait coupable, elle devait bien admettre que cette situation la rassurait, dans le fond : elle était soulagée que sa fille lui montre sa préférence.

Elle en avait un peu honte, en même temps, jugeant que son devoir était de faciliter la relation père-fille et, pour y parvenir, de faire taire ses propres sentiments.

— Ça va ? lui demanda Sebastian.

Elle acquiesça d'un signe de tête, brûlant d'envie de poser sa main sur la sienne, d'absorber sa chaleur.

Se serait-il intéressé à elle, sans Angel ? Peut-être pas. Pourtant, il l'avait embrassée avant d'apprendre qu'il avait une fille et ses sentiments semblaient toujours aussi sincères. Comme elle laissait échapper un soupir, il insista :

— Tu es sûre ?

De nouveau, elle hocha la tête.

Ferrington approchait. Au loin, déjà, on apercevait les grilles. Deux gardiens veillaient à l'entrée, qui saluèrent Sebastian à leur passage.

— Quand as-tu… ?

— J'ai téléphoné. Il y a du personnel, maintenant. Les chambres sont prêtes et j'ai fait poser des caméras pour décourager les journalistes.

— Tout ça en quelques heures ?

— Les caméras ont toujours été là.

Elle jeta un coup d'œil à Angel. Elle avait tressé ses cheveux, et portait un short et un top moulant. Par provocation, comprit Felicity.

Felicity n'était pas naïve, elle savait que les journalistes étaient à leurs trousses, mais Sebastian avait sûrement tout prévu pour garder la presse à distance.

De nouveau, elle jeta un coup d'œil à Angel qui, le nez contre sa vitre, regardait dehors.

— Qu'en dis-tu ? lui demanda-t-elle.

Angel haussa les épaules.

— Bof… C'est vieux.

— J'ai toujours trouvé que cette maison ressemblait à un château.

Angel fit la moue.

— Le château de la fée Carabosse.

Felicity se tut, tandis que Sebastian, soucieux de briser la tension, expliquait :

— Ce sont les Ferrington qui l'ont fait construire, il y a deux cents ans. Tes ancêtres sont tombés amoureux de cet endroit. C'est ta cinquième arrière-grand-mère qui en a été l'architecte. C'était une grande romantique et, comme son mari l'aimait infiniment, il a accédé à tous ses désirs. Elle voulait que ses enfants grandissent dans un château digne d'un conte de fées, ses petits-enfants aussi, et toutes les générations à venir.

— Et tu as décidé d'en faire un spa de luxe ? Ça ne te gêne pas, de trahir le souhait de ton ancêtre ?

Sa fille venait de marquer un point. Ses ancêtres, ceux d'Angel, avaient rêvé de voir cette demeure rester dans la famille.

— Et les daims ? demanda Angel, alors qu'elle en voyait un bondir, au loin, à l'orée du bois, qu'est-ce qu'ils vont devenir ?

— Ils seront toujours là, la rassura-t-il. Ils sont là depuis plus longtemps que la maison. Ils sont chez eux, ici.

— Ils en ont de la chance ! Je suis sûre qu'ils adoreront se donner en spectacle devant les touristes.

Le silence tendu se prolongea jusqu'à l'arrêt de la voiture au pied d'un escalier majestueux. Une femme élégante apparut aussitôt à la porte.

— Laissez-moi vous présenter à Madelaine, la gouvernante. Si vous avez besoin de quoi que ce soit, c'est à elle qu'il faudra vous adresser.

— J'espère qu'on a aussi un majordome ?

— Angel ! S'il te plaît !

— Quoi ?

Sebastian sourit.

— Tu veux un majordome ?

Vexée, Angel ouvrit sa portière et sauta à terre.

— Je suis désolée, s'excusa Felicity.

— Ne t'excuse pas, Flick, souffla-t-il. C'est normal qu'elle soit agressive. Ça va prendre du temps.

Combien de temps avaient-ils devant eux ? Combien de temps avant qu'il ne fasse ses bagages et reparte, la laissant avec sa fille et le cœur brisé, encore une fois ?

11.

— Du vin ? proposa Sebastian.

Flick regarda l'escalier qui montait vers la chambre d'Angel où celle-ci avait disparu, sitôt la dernière bouchée de son dîner avalée.

Il remplit son verre et se servit ensuite.

— Veux-tu qu'on aille dehors ? Il fait bon, ce soir.

— Pourquoi pas ?

— Prenons les transats, dit-il.

La soirée était douce, en effet, et la chaleur de la journée avait cédé la place à une tiédeur bienvenue. Dans le ciel, des nuées orangées striaient le bleu qui lentement virait au gris. Tout était calme. Seul le clapotis de l'eau dans la piscine et quelques cris d'oiseaux rompaient parfois le silence.

— Je ne comprends pas que tu veuilles te défaire de cette propriété, dit-elle doucement. C'est tellement beau, ici.

Oui, tout était beau… Surtout elle.

Flick était assise à côté de lui, dans sa chaise longue. Avec sa peau dorée que caressaient les derniers rayons du soleil, ses longs cils noirs recourbés et ses lèvres encore brillantes du vin qu'elle venait de boire, elle était le péché incarné.

— Pourquoi as-tu du mal à le croire ? Tu sais pourtant tout ce qu'il s'est passé ici.

Comme pour se donner du courage – il lui en fallait quand il évoquait le passé –, il but un peu de vin.

— Tu es prêt à tout effacer ? répliqua-t-elle. Tu as oublié ce que nous avons vécu ici ? Nos premières fois ? Il n'y a pas que de mauvais souvenirs, à Ferrington !

Ses yeux pétillaient quand elle ajouta :

— C'est ici que tu m'as appris à nager, poursuivit-elle. À plonger, à monter à cheval… et à faire le poirier en fredonnant l'air de *La Guerre des étoiles*.

Il rit.

— Tu m'as donné mon premier baiser… Tu m'as appris le plaisir, aussi…

Les souvenirs longtemps refoulés resurgirent soudain en lui, violents, brûlants, lui dictant des gestes qu'il rêvait de faire mais qu'elle n'aurait certainement pas aimés.

À moins que… ?

Disait-elle tout cela innocemment ou pour le provoquer ? À quel jeu jouait-elle ? La dernière fois qu'ils avaient été seuls, elle lui avait envoyé des signaux différents…

Il buvait une nouvelle gorgée de vin lorsqu'il la vit se passer la main dans les cheveux et les dénouer.

Comme il aurait aimé les sentir glisser entre ses doigts, les les empoigner pour attirer son visage à lui et embrasser cette bouche qui n'appelait que le baiser ! Comme autrefois…

— C'est vrai, Flick, souffla-t-il. Il n'y a jamais eu personne d'autre que toi.

Suffoquée, elle le regarda.

— Pourquoi me dis-tu ça ?

— Je ne sais pas. Parce que je veux que tu le saches.

Elle se mordillait les lèvres. Comme elle était fragile… Ému, il se pencha et lui prit le menton.

— Tu n'es pas n'importe qui pour moi, Flick. Tu comprends ?

— À cause d'Angel ?

— Pas seulement.

— En ce cas, pourquoi n'es-tu pas revenu plus tôt ? Angel a raison quand elle prétend que tu aurais pu revenir depuis longtemps. Tu ne dépendais plus de personne. Tu étais assez fort pour tenir tête à ton grand-père et, pourtant, tu n'as pas bougé !

Le cœur serré, il soupira.

— Je ne pouvais pas.

Elle repoussa sa main et se redressa pour boire un peu de vin.

— Pourquoi pas ? Tu m'as expliqué pourquoi tu étais parti mais pas pourquoi tu t'es gardé de revenir.

Il se sentait glacé intérieurement. Cette conversation était un vrai supplice.

— Ça ne te suffit pas ?

Elle ne répondit pas, mais son regard en disait long.

— Je détestais cet endroit autant que je le détestais, lui. Pourquoi serais-je revenu ?

Une envie de pleurer la submergea. Pourquoi la torturait-il ? Quoi qu'il dise, elle avait son opinion. Angel aussi. S'il l'avait aimée autant qu'il le prétendait, sa haine pour son grand-père ne l'aurait pas arrêté.

Agacé, il prit son verre et le serra entre ses doigts. Il n'oublierait jamais. Le sang, le cri, son poing…

— Qu'est-ce que tu me caches, Sebastian ?

Elle avait parlé si bas qu'il n'était pas sûr d'avoir bien entendu. Il frémit sous son regard ardent.

Si elle savait, elle ne l'aimerait jamais plus…

— Je n'étais pas celui que je croyais, Flick.

— Je comprends. La vie nous change.

— Non, tu ne comprends pas.

— Aide-moi à comprendre, alors.

Il la fixa, savourant sa bienveillance, qui s'effacerait dès qu'elle saurait la vérité.

— Je l'ai blessé.

Elle fronça les sourcils.

— Qui ?

— Lui. Le soir où la bagarre a éclaté, il n'y a pas que ma mère qui a été blessée.

Il détourna les yeux, regarda les rayons du soleil jouer sur l'eau de la piscine. Il aurait voulu être là, au fond, débarrassé du passé, du présent, du futur.

— J'ai vu rouge. Maman était au sol, sa lèvre saignait et il était debout, au-dessus d'elle. Son poing tremblait encore. Il a levé sa canne et j'ai cru qu'il allait encore la frapper, alors…

Il inspira une grande bouffée d'air.

— Je ne sais pas ce qui m'a pris. Je suis sorti de mes gonds. J'ai frappé. Il s'est cogné la tête en tombant. Il y avait du sang partout et il…

Sa voix se brisa.

— Oh ! Sebastian !

Il secoua la tête comme pour chasser ces images qu'il ne supportait plus de voir : cette canne, ce sang, son grand-père qui se tenait la tête et qui hurlait… ricanait…

Il regarda ses mains.

— Je n'aurais jamais cru que j'étais capable de ça.

— Tu défendais ta mam…

— Ce n'est pas une excuse. Est-ce que tu te rends compte ? Il était par terre, en sang… Et il riait, riait comme un fou. Et il m'insultait, me criait que j'étais bien le fils de mon père. Tel père, tel fils…

— Quoi ? Mais ton père…

Il se crispa.

— Il battait ma mère.

— Non ! Je croyais… Vous étiez…

— Heureux. C'est ce que je croyais aussi. En fait, mon enfance n'a été qu'un mensonge. Mon père n'était pas l'homme que je croyais. Il était prudent. Il ne la frappait que lorsqu'il n'y avait pas de témoins. Mais mon grand-père savait et il a pris un malin plaisir à nous le dire, à Theo et à moi. Ma mère a tenté de le faire taire mais…

— Mais c'est monstrueux !

— Et moi j'étais là, du sang sur les mains, ma mère sanglotait. Theo enrageait et mon enfance était un mensonge. Mon grand-père a menacé de me poursuivre en justice, me criant de voir ma mère pour ce qu'elle était : le maillon faible, le mouton noir de la famille. Il prétendait qu'il savait que cela arriverait. Que c'était sa faute. Qu'il aurait dû la chasser plus tôt…

Sebastian tremblait sous la violence des souvenirs.

— Je suis désolée, murmura-t-elle.

— Non, Flick, ne sois pas désolée. Je ne le mérite pas. Je te raconte tout ça pour que tu saches la vérité, que tu voies qui je suis vraiment et pourquoi je ne suis pas revenu… Pour que tu comprennes pourquoi je ne te mérite pas, pourquoi je ne suis pas digne de…

— Ce n'était pas ta faute, Sebastian. Tu étais jeune et tu défendais ta famille. Tu t'es mis en colère mais cela ne fait pas de toi…

— Un monstre ?

— Bien sûr que non ! Tu n'es pas ton père, ni ton grand-père. Tu es toi-même, Sebastian. Un garçon devenu un homme qui a voulu protéger sa mère et son frère. Et qui a fui en France pour les mettre à l'abri.

— Pour *me* mettre à l'abri, ajouta-t-il. Il n'y a pas eu que des menaces envers maman et sa cruauté envers Theo. Mon grand-père a menacé de me poursuivre en justice.

— Mais c'est lui qui a frappé le premier. Ta mère d'abord. Et il allait s'attaquer à Theo. Tu étais mineur, à l'époque !

Elle essayait désespérément de soulager sa conscience, de réécrire l'histoire telle qu'elle s'était passée et non comme il la voyait, déformée par les remords.

— Ça n'a plus d'importance, maintenant, Flick. Je suis cassé, fichu. Angel et toi étiez bien mieux sans moi…

Il soupira.

— Il n'empêche, je suis là, mais je suis brisé. Un zéro.

Et voilà, il l'avait dit. La tête baissée, il poursuivit :

— Je ne suis plus capable d'aimer, la passion entraîne la violence. Je ne serai pas cet homme, je ne serai pas un animal incapable de se contrôler, en rage…

Elle essaya de sourire.

— Tu es un homme bien, Sebastian.

— Je pensais que mon père était un homme bien, Flick !

— Ce n'est pas une raison pour te condamner, pour t'interdire d'aimer de nouveau.

Il la fixa. Était-elle sérieuse ? Après tout ce qu'il lui avait raconté, elle l'exhortait à retrouver confiance en l'avenir ?

— Allons, Sebastian ! Tu aimais ta mère, ton frère… Tu m'as aimée, autrefois. Ne me dis pas qu'aujourd'hui tu ne peux plus aimer personne. Pas même Angel ?

— Elle, c'est différent.

— Et Theo, ton frère ?

Il opina.

— Tu vois bien que tu peux aimer, comme avant.

— Je pense que tu es…

— Maman…

Ils se retournèrent. Angel était là, en pyjama.

— Oui, ma chérie.

— Tu peux venir, s'il te plaît ?

— Un instant…

La mort dans l'âme, Felicity souffla à Sebastian :

— Tu n'es pas obligé de m'attendre, tu sais…

Le sourire aux lèvres, il la regarda rejoindre leur fille. De loin, elles se ressemblaient beaucoup : mêmes cheveux noirs mi-longs, même peau ivoire, même silhouette élancée.

Il n'entendait pas ce qu'elles se disaient mais Angel n'était visiblement pas contente. La main sur son épaule,

Flick essayait de la raisonner. Il ignorait le problème – sans doute, lui – et malgré son envie d'intervenir, il garda ses distances. Angel n'aurait pas supporté qu'il s'en mêle.

— Elle va bien ?

Felicity se laissa tomber dans sa chaise longue et reprit son verre.

— Ça ira mieux tout à l'heure.

— Pourquoi ? Que se passe-t-il ?

— Elle n'aime pas le dentifrice.

Il éclata de rire.

— Ça peut s'arranger. Qu'elle dise à Madelaine la marque qu'elle préfère.

— Elle demande aussi si son amie peut venir demain. Elles voudraient réviser ensemble.

— Pas de problème. Je vais lui envoyer un chauffeur. Ou j'irai moi-même la chercher. Tu peux t'en charger si tu veux, bien sûr.

— Écoute… Non. Je lui ai dit que c'était prématuré. Que je préférais que nous passions une semaine ensemble, tous les trois, avant d'inviter une amie. Histoire de nous adapter les uns aux autres.

— Tu as raison.

— De toute manière, je n'ai pas ma voiture. Et l'idée de passer devant ces journalistes…

Elle rougit, fit tourner le pied de son verre pour se donner une contenance. Pourquoi Sebastian la mettait-il dans cet état ? Elle vivait sans lui depuis seize ans et tout allait bien !

— Ne t'inquiète pas pour ta voiture. Il y en a une dans le garage pour toi. C'est un cadeau.

— Mais je n'en veux pas ! Je ne veux pas de cadeaux.

— Pourquoi, Flick ? J'ai vu que tu as toujours ta vieille Coccinelle toute rouillée et…

— Je l'aime, mon auto.

— Elle est dangereuse. Je m'étonne qu'elle roule encore. Déjà, quand c'était Annie qui la conduisait, j'avais peur pour elle.

Il dut la contrarier car elle avait tourné la tête, les larmes aux yeux.

— Je suis désolé, dit-il. Je vois que je t'ai fait de la peine.

Il posa la main sur son genou mais elle la repoussa avant de faire le geste qu'elle rêvait de faire mais qu'elle aurait regretté : lui prendre les deux mains et l'attirer à elle.

Il soupira.

— Je comprends que tu aimes ta voiture, Flick. Je me rappelle quand Annie te l'a offerte. Elle t'a donné les clés mais tu ne conduisais pas encore.

Elle lui lança un coup d'œil. Il se souvenait même de ça… comme de tout ce qui la touchait. C'était troublant.

Lentement, sans le quitter des yeux, elle but une gorgée de vin.

Il avait trente-deux ans maintenant et la maturité lui allait bien. Dans sa chemise bleu ciel qui faisait ressortir ses yeux devenus très noirs, il était séduisant. Ses cheveux étaient ébouriffés et le look décontracté lui allait bien. Elle le préférait ainsi, naturel. C'était cet homme-là qu'elle avait aimé.

— Je m'en souviens. La pauvre auto se languissait devant la maison. Elle semblait attendre que quelqu'un l'aime !

Ils rirent en chœur comme déjà à l'époque, quand ils étaient complices et s'amusaient d'un rien. Était-ce cette complicité qui la rendait si sensible à son retour ? Si émue par cet homme qui était le premier et le seul qu'elle ait jamais aimé ? Le seul, aussi, qui l'ait aimée.

— Qu'on lui greffe un nouveau moteur, tu veux dire !

— Nouveau moteur ou pas, je l'aimais beaucoup. En plus, elle me correspondait vraiment.

Il lui fit ce sourire qui n'appartenait qu'à lui.

— Je m'en souviens.

Elle avait envie de l'embrasser. L'embrasser pour n'avoir rien oublié. Pour l'avoir aimée. L'embrasser jusqu'à étouffer le monstre qu'il croyait voir en lui.

Ses lèvres tremblaient. Elle avait tellement envie de lui !

— Ce jour-là, reprit-il, nous sommes allés pique-niquer au lac.

— Ta cuisinière nous avait fait mes gâteaux préférés.

— Et tu portais la robe que j'adorais.

— Si tu l'aimais tellement, tu n'aurais pas dû me l'enlever aussi vite !

Il rit, et elle vit son regard se voiler.

— Et nous priver du plaisir que nous avons pris ?

Elle haussa les épaules.

— Il serait peut-être temps que tu te fasses de nouveaux souvenirs, Sebastian.

— Tu crois ?

Elle prit son verre et le posa par terre, à côté du sien. Puis elle mit la main sur sa cuisse. Il ne la repoussa pas.

— Oui.

— Flick, s'il te plaît, ne joue pas avec moi.

— Mais… je ne joue pas, Sebastian.

Elle se pencha vers lui, et posa la bouche sur la sienne sans le quitter des yeux.

Fou de désir, il la prit par les hanches et la fit basculer sur lui, tandis qu'elle approfondissait son baiser.

— Dis-moi ce que tu ressens, murmura-t-elle en ondulant sur lui.

— C'est bon, dit-il. C'est délicieux. Mais… si Angel nous surprend…

Mon Dieu ! Dans son excitation, elle avait presque oublié sa fille.

Elle s'écarta brusquement de lui, et arrangea sa chevelure.

— Tu as raison. Ce n'est pas une bonne idée.

— Si, mais…

Elle l'interrompit.

— Je vais me coucher.

Il bondit de sa chaise longue.

— Mais il n'est que 21 heures ! Je pensais qu'on pourrait… faire des projets pour les jours à venir puisque Angel est en vacances.

Sans le regarder, elle poussa un soupir.

— On fera ça demain matin.

— Mais enfin, Flick…

Déjà, elle était partie.

12.

Le lendemain matin, Sebastian s'étonna de voir Angel dans la cuisine aussi tôt.

— Bonjour. Bien dormi ?

Le nez dans un livre, elle étudiait. Elle releva la tête, émit un vague grognement et replongea dans son ouvrage. Loin de s'en formaliser, il aima l'idée qu'elle défende sa mère et, par ricochet, lui mène la vie dure.

— Ah, monsieur Dubois ! Que désirez-vous pour votre petit déjeuner ?

— Bonjour, Maddie.

Sa gouvernante s'affairait déjà devant les fourneaux.

— Je prendrai des toasts et du café. Je dois me presser, j'ai rendez-vous avec l'architecte.

— C'est tout ? Vous faites comme Angel, alors ! Vous ne mangez rien.

— Préparez-nous un pique-nique, si vous voulez, Maddie.

Il crut voir Angel lever la tête.

— Il fait beau. Je pense emmener Felicity et Angel au bord de la rivière. J'y allais quand j'étais petit.

— Un pique-nique ? grommela Angel. Ça fait longtemps que j'ai passé l'âge. Je n'ai plus cinq ans !

— Oh ! Angel !

Sebastian se retourna. Flick venait d'entrer et avait entendu sa fille. Elle était pâle et on aurait dit qu'elle avait pleuré.

— Bah oui ! Allez-y à votre pique-nique, mais sans moi. J'ai mes révisions.

Ému par la pâleur de Flick et contrarié par la réaction d'Angel, Sebastian préféra garder le silence.

Quand Angel sortit de la cuisine, Maddie la rappela.

— Tu oublies ton bol de céréales !

Angel revint prendre ses céréales et ressortit.

— Merci, Maddie, dit Felicity. Mais il ne faudrait pas qu'elle se croie à l'hôtel.

— Ce n'est pas grave, répondit Maddie avec un grand sourire. Bien, je vais m'occuper du linge, maintenant.

À son tour, elle disparut.

Flick la regarda sortir et se tourna vers Sebastian.

— Du linge ? Déjà ?

— C'est le prétexte qu'elle a trouvé pour s'éclipser. Elle est discrète. Veux-tu du café ?

— Oui, s'il te plaît.

Il remplit deux tasses et en poussa une vers Flick. Accoudée au comptoir, elle posa la tête dans ses mains.

— Mauvaise nuit ?

— Pas très bonne. Si seulement je pouvais arrêter de ruminer mes pensées ! C'est toujours la même question qui me trotte dans la tête. Comment faire pour qu'Angel accepte la situation. Pour qu'elle t'accepte, toi.

— Ça va s'arranger. Il faut laisser le temps au temps, ne rien brusquer. C'est une adolescente, ne l'oublie pas.

— Oui mais, le pique-nique… Je trouve que c'était une bonne idée. Je vais aller lui parler.

— Non, Flick. Si c'est toujours toi qui lui parles, je n'ai aucune chance.

— OK. Je te laisse faire, alors.

Débarrassée d'un poids, elle lui sourit et il lui rendit son sourire.

— Donc, un café. Avec du pain grillé ?

— Un café suffira. Il faut que je garde de la place pour le pique-nique.

C'était décidé : Felicity allait mettre de la distance entre eux. La propriété était suffisamment grande pour que l'on ne se croise pas si l'on n'en avait pas envie. Ils avaient tout de même pris leur petit déjeuner ensemble et allaient pique-niquer tous les trois puisque Angel avait finalement accepté.

Entre-temps, elle avait pris un bain dans la piscine, puis s'était reposée. Elle avait appelé Theo, ainsi que Bree, pour s'assurer que tout allait bien à l'hôtel. Le frère de Sebastian avait le chic pour séduire les clients. Et pas seulement les clients… Apparemment, Bree était sous son charme.

Elle souriait en les imaginant tous les deux quand Angel surgit de sa chambre sans crier gare.

— Qu'est-ce qui te rend si heureuse, maman ? Et puis non, ne me dis pas, je ne suis pas sûre d'avoir envie de savoir !

Angel alla prendre le sweat à capuche qu'elle avait laissé sur son lit.

— Que veux-tu dire ?

Elle haussa les épaules.

— J'ai seize ans, maman. Je ne suis plus une gamine !

— Et alors ?

— Rien.

Angel se retourna.

— C'est bon, je vais pique-niquer avec vous mais je reviens ensuite à mes bouquins. On est d'accord ?

Elle recommença à marcher et s'arrêta de nouveau.

— Juste une chose, maman : fais attention. Je vois bien comment tu le regardes et comment il te regarde, reprit Angel. Moi, il ne m'inspire pas confiance. Tu n'as rien à attendre de lui. Il va faire ses travaux et il filera… comme il y a seize ans.

Depuis quand sa fille se sentait-elle obligée de la protéger ?

— Tu te trompes, Angel. Il a toi maintenant, ici. Tu es une bonne raison pour qu'il revienne. Je te jure que c'est un homme bien. Laisse-lui sa chance. S'il te plaît.

— Un homme bien ?

Elle ricana.

— C'est toi qui dis ça ! Alors qu'il t'a laissée tomber quand tu avais le plus besoin de lui.

— Cela ne nous a pas empêchées de vivre, si ?

— Comme tu veux, maman. Moi, je ne lui pardonne pas. Et je ne veux pas qu'il te fasse encore souffrir.

Son sweat et son livre sous le bras, elle déposa un petit baiser sur la joue de sa mère.

— Tu t'es occupée de moi pendant seize ans, je peux bien m'occuper un peu de toi maintenant.

— Je suis ta mère. N'inverse pas les rôles. C'est à moi de prendre soin de toi.

— Si tu le dis…

Tel un courant d'air, elle disparut alors que Sebastian arrivait.

— Vous êtes prêtes ? demanda-t-il.

Maddie se tenait sur le seuil de la cuisine avec le panier de pique-nique.

— Où est Angel ?

— Je suis là.

Elle était revenue et, adossée à la porte, se rongeait les ongles.

— Parfait. Allons-y, alors.

— Merci pour le pique-nique, Maddie, dit Flick.

— Comme vous me l'avez demandé, j'ai fait les petits gâteaux au chocolat blanc. Pour Angel.

Flick prit le bras de sa fille et sortit de la cuisine.

— Tu veux bien me lâcher, maman ? Je ne vais pas me sauver, tu sais.

Sebastian rit en silence. Sa fille avait du caractère.

— Comment s'est passé ton rendez-vous avec ton architecte ?

Elle aurait dit n'importe quoi pour montrer à Flick qu'elle n'avait pas à s'inquiéter.

— Bien. Comme j'avais prévu.

— Tu prévois beaucoup de travaux ?

— À l'intérieur de la maison, surtout. Il va falloir casser des cloisons pour agrandir les chambres et les mettre au goût du jour.

Il s'éclaircit la voix.

— J'ai eu Theo au téléphone. Tout se passe bien là-bas, m'a-t-il dit. Bree et lui s'entendent très bien.

— Qu'es-tu en train d'insinuer ?

— Rien de plus qu'ils forment une bonne équipe.

Il regarda Angel qui marchait devant eux.

— Ça veut dire que ton frère s'est fait piéger, déclara Flick.

— Je serais tenté de dire le contraire.

— Ne t'inquiète pas pour elle. Crois-moi.

Sebastian n'insista pas. Il appela Angel qui téléphonait, le nez dans son portable.

— Ta maman me dit que tu souhaites inviter une amie…

Felicity sentit Angel prête à sortir les griffes.

— Oui, on révise ensemble.

— Ce week-end, ça t'irait ? Vous reprenez les cours la semaine prochaine, je crois.

Angel se retourna, tout sourire.

— C'est vrai ?

— Pourquoi pas ?

Mécontente, Flick soupira. Elle avait dit à Sebastian qu'elle préférait qu'ils passent quelques jours ensemble, seuls, avant de faire entrer quelqu'un dans leur vie. Il n'en tenait pas compte. Elle n'allait pas régler ça maintenant, devant Angel, mais il ne perdait rien pour attendre.

Pour l'heure, si elle voulait que ce pique-nique soit un succès, il valait mieux qu'elle fasse bonne figure.

De son côté, Sebastian semblait gêné. Il cherchait des choses à dire, posait des questions à Angel qui répondait par onomatopées.

— Il paraît que tu aimes le rock ? Quel est ton groupe préféré ?

— Bof, pas vraiment.

Elle engloutit un biscuit pour signifier que la conversation était terminée.

Sebastian était appuyé sur un coude, sur le plaid que Maddie avait préparé pour eux. Felicity était assise à côté de lui et Angel, en tailleur, en face. Pour afficher sa mauvaise humeur, contrarier sa mère et choquer Sebastian, elle s'empiffrait.

— Qu'aimerais-tu faire ce week-end avec ton amie ? insista Sebastian.

Elle le regarda avec une moue désabusée.

— Vous voulez aller au cinéma, au bowling, faire les magasins… ?

Elle avala un autre biscuit.

— Je croyais qu'on n'avait pas le droit de se montrer !

— Du moment que vous acceptez un garde du corps, vous pouvez faire ce que vous voulez.

— C'est vrai ? Cool ! Je vais appeler Iona, alors.

Elle se leva et s'éloigna.

— Je ne sais pas si tu as bien fait, dit Flick quand sa fille fut hors de portée de voix.

— On ne peut pas lui imposer de passer tout le week-end avec nous. Je me souviens des dimanches qui n'en finissaient pas, quand j'avais son âge. Un vrai supplice ! Ce que j'ai pu m'ennuyer !

— Pauvre chéri, se moqua-t-elle. Les chevaux, la piscine, la salle de jeux... Je te comprends ! Quel ennui !

Elle lui donna un coup de coude pour lui faire comprendre qu'elle plaisantait mais il n'était pas d'humeur à rire. Ces souvenirs-là devaient le faire souffrir.

— Pourquoi crois-tu que je te faisais venir dès que je pouvais ?

— Ah, c'est ça ! Tu te servais de moi !

Il la regarda. Il ne riait plus du tout. Ses yeux étaient très noirs, son regard sombre et... dévorant.

— Je ne me suis jamais servi de toi, Flick.

— Je sais. C'était une blague.

— Tu en es sûre ?

Loin d'eux, Angel téléphonait toujours. Flick chercha quelque chose à dire, un sujet qui ne prêterait pas à conséquence, mais une pensée lui trottait dans la tête. Un reproche...

— J'aurais aimé que tu me demandes avant de l'autoriser à inviter son amie. Je t'en avais parlé et tu es passé outre. Pour moi, c'est prématuré.

— J'ai cru bien faire, et pour elle et pour nous. Tu avais dit que tu rêvais qu'on ait du temps à nous... C'est raté. Je plaide coupable.

Il détourna la tête pour suivre Angel des yeux. Elle téléphonait en arpentant le sous-bois, sans se soucier des clochettes bleues qu'elle écrasait à chaque pas.

— Regarde notre fille, dit-il. Ça mériterait une photo.

Une photo-souvenir... Car que deviendrait cette propriété quand il l'aurait remodelée ? Y reviendraient-elles ? Et lui ?

— Où iras-tu quand les travaux seront terminés ?

— Je l'ignore. Je n'y ai pas encore pensé. Mais je n'ai pas l'intention de beaucoup m'éloigner.

Où comptait-il aller ? La question lui brûlait la langue mais, redoutant la réponse, elle ne la posa pas.

— Je suis de retour dans ta vie, Flick. Cette fois, pour de bon.

Elle sentait son regard posé sur elle, tel un rayon laser qui la transperçait.

— Il va falloir que je m'y fasse, lâcha-t-elle soudain. Ça risque de me prendre du temps.

Hélas, plus il s'éternisait, plus c'était difficile pour elle. Sans le savoir, il avait par sa présence ressuscité le désir qu'elle éprouvait pour lui autrefois.

— Je te conseille de te dépêcher car je ne pars pas. De toute manière, où que je m'installe, Angel et toi vous entendrez parler de moi.

— Ah…

Elle qui était habituée à décider de tout toute seule, comment réagirait-elle s'il participait aux décisions ou, pire, s'il les prenait sans la consulter ? Il avait déjà commencé en autorisant Angel à inviter son amie, contre son gré, sans même se rendre compte que cela pouvait lui déplaire.

— Excuse-moi, Sebastian. Mais ce n'est pas facile pour moi.

Il se pencha vers elle, remit une mèche de ses cheveux derrière son oreille puis la regarda. Il avait les yeux brillants. Pourquoi avait-il l'air si attendri, si… sincère ? Pourquoi lui donnait-il l'impression de l'aimer ?

— Je sais.

Il se pencha encore, plus près. Alors, instinctivement, elle recula.

Non ! elle ne voulait pas qu'il l'embrasse. Plus jamais.

Il se racla la gorge.

— Et toi ? As-tu pensé à ce que tu voulais faire ensuite ?

Elle se tourna lentement vers lui.

— As-tu l'intention de vendre ton hôtel ?

Elle éclata de rire.

— Pourquoi voudrais-tu que je le vende ?

— Parce que ça te donne beaucoup de travail. Cela

fait des années que tu as cette responsabilité sur le dos. Tu ne te dis pas, parfois, que tu en as assez ?

— Ça ne me pèse pas. C'est chez moi, ici.

Il insista.

— Tu n'aimerais pas reprendre tes études ?

— Comment ? En me faisant entretenir ?

— Je ne dis pas ça. Je dis que je pourrais t'aider à réaliser ton rêve. Tu sais, il y a des gens qui reprennent leurs études une fois adultes. Tu serais libre d'étudier ce que tu veux et tu n'aurais pas à vendre ton hôtel. Ma société pourrait prendre en charge les travaux dont il a besoin, le toit, la chaudière… Et pendant que nous y sommes…

— Ça suffit, Sebastian. Arrête !

— Réfléchis-y, Flick.

— C'est tout réfléchi. Je ne veux pas de ton aide.

Elle se raidit et le dévisagea froidement.

— Je me suis passée de toi, il y a seize ans. Je vais continuer.

Elle parlait comme sa fille maintenant. Tranchante. Sans concession.

Finalement, songea-t-il, ce n'était peut-être pas une mauvaise chose.

13.

Sebastian défit sa ceinture de sécurité et poussa sa portière.

— J'en ai pour deux minutes, dit-il à Iona et Angel qui bavardaient à l'arrière.

Il fit signe à son service de sécurité et traversa le parking de l'hôtel.

C'était samedi soir. La journée de shopping avec les deux filles avait été épuisante et il devait voir son frère.

Theo, justement, lui ouvrit la porte. Il était couvert de farine.

— Qu'est-ce que tu fais ? lui demanda Sebastian. Des gâteaux ?

— Je montrais à Bree comment on fait les baguettes à Paris. Mais que viens-tu faire ici ?

— Je passais dans le coin, alors je me suis arrêté pour voir si tout allait bien. Combien de temps comptes-tu rester à Ferrington ?

— Je n'en sais encore rien. Ça ne fait qu'une semaine que je suis là.

Il détestait qu'on le presse de questions. Encore plus quand il s'agissait de son séjour à la propriété.

— La presse se tient à l'écart, désormais. Les villageois font tout pour que Felicity et Angel soient tranquilles. En revanche, pour ce qui est de notre projet de resort, ils sont vent debout.

Sebastian passa un doigt dans son col. Il avait l'impression d'étouffer. L'idée de se séparer bientôt de Flick et d'Angel l'oppressait. Elles avaient pris une telle place dans son cœur qu'il ne pouvait plus s'imaginer vivre loin d'elles.

Theo plissa le front.

— Nous pouvons garder la propriété, si c'est ce que tu veux.

Sebastian hocha la tête.

— Qu'est-ce qui te fait dire ça ?

— Ton air désolé, peut-être !

Il se passa la main dans les cheveux et soupira.

— Ça ne me déplairait pas mais le bon sens veut qu'on la cède à la société.

— Le bon sens ? Tu veux qu'elle rapporte, c'est ça ? Parce que nous avons besoin d'argent ? ricana Theo.

— Eh bien…

— Je te rappelle qu'on peut encore faire machine arrière car rien n'est signé. Je suis comme toi, ça ne me déplairait pas de garder un pied ici. J'avais oublié combien la région était agréable à vivre, et…

Sebastian interrompit son frère.

— On en reparle, d'accord ?

Ils se tapèrent dans le dos en riant.

— Ne réfléchis pas trop, Theo. Tu as de plus en plus de rides sur le front.

— Bree me le dit, elle aussi.

Il était souvent question de Bree, songea Sebastian. Y avait-il anguille sous roche ?

Il ravala la question qu'il avait sur le bout de la langue. C'était leur affaire, il n'avait pas à s'en mêler. Surtout si Bree aidait son frère à régler le problème qui l'avait obligé à quitter précipitamment Paris.

— Que penses-tu faire quand les derniers clients de l'hôtel seront partis ?

— Aucune idée. Je n'y ai pas pensé.

— Quand tu auras pris une décision, tiens-moi au courant. Tu es le bienvenu à la propriété, évidemment. Pas besoin de t'envoyer de bristol !

— J'espère bien. Je suis aussi chez moi là-bas.

— Non, Theo. Ce n'est pas chez nous.

— Ça pourrait l'être. C'est peut-être l'excuse qu'il te faut pour t'enraciner là.

— Pardonne-moi mais ce n'est pas à mon marginal de frère que je vais demander des conseils de vie.

Theo lui décocha un coup de poing dans l'épaule.

— Marginal toi-même ! Je suis heureux de voir que tu reprends goût à la vie. Je commençais à m'inquiéter.

Il tourna les talons.

— Sur ces bonnes paroles, je te dis à plus tard !

— Salut, mon frère ! Mes amitiés à Flick.

Un cocktail à la main, Felicity se prélassait dans la piscine sur le flamant rose gonflable que Sebastian avait acheté pour Angel.

Elle sourit. Remit ses lunettes de soleil sur son nez.

Dans le fond, c'était peut-être ça, la vraie vie ?

En tout cas, elle avait raison d'en profiter car d'ici peu elle allait retrouver son hôtel et tout le travail qu'il lui demandait. Nettoyage, cuisine, bricolage…

Elle y penserait au moment de partir. Pour l'heure, elle allait savourer tout ce que cette propriété lui offrait, sans penser à plus tard, sans penser que, bientôt, cette superbe propriété serait envahie par des inconnus en vacances et que ce serait fini pour Sebastian et pour Theo.

Elle comprenait que l'idée déplaise de plus en plus à Sebastian. La maison de ses ancêtres transformée en resort, certes luxueux mais anonyme. Quelle tristesse !

Son hôtel n'était peut-être pas un cinq étoiles mais c'était toujours sa maison. Elle y avait son cœur, et elle l'aimait.

Alertée par un crissement de pneus devant la maison, elle se redressa. Ça ne pouvait être que Sebastian et les filles. Il était temps qu'elle sorte de l'eau.

Elle se rapprochait du bord quand les deux adolescentes surgirent, tout excitées.

— Eh maman ! Regarde !

Elles avaient les bras chargés de paquets et riaient comme des folles.

— J'arrive. Je sors de l'eau.

Elle sauta au bord de la piscine, attrapa sa serviette et la noua autour de ses hanches.

— Pas de problème avec les journalistes ?

— Non. Mais on attirait quand même l'attention avec les deux gorilles qui nous suivaient !

Sebastian arriva à son tour et lui sourit. Comment un regard pouvait-il être aussi doux qu'une caresse et lui faire l'effet d'un baiser sur sa peau ? Sebastian avait un pouvoir magique sur elle. Un pouvoir irrésistible.

Elle frissonna, et remonta la serviette sur sa poitrine.

— Au moins, ils nous ont aidées à porter nos paquets, déclara Iona. C'était cool.

Jolie, blonde, elle repoussait machinalement une mèche de cheveux derrière son épaule.

— Je suis sûre qu'ils ont adoré, dit Felicity en regardant Sebastian qui approchait avec des paquets, lui aussi. Il semblait heureux.

— Que t'es-tu offert ? s'enquit Flick.

— Ce n'est pas pour moi. J'ai vu ça…

Il lui tendit le paquet.

— … et j'ai pensé que ça pourrait te plaire. C'est une petite chose.

— C'est un vêtement ? Merci, c'est gentil. Maddie sert le dîner à 19 heures, je vais me préparer.

— Attends qu'on te montre ce qu'on a acheté pour

notre soirée, maman ! Tu sais, c'est l'anniversaire d'Iona samedi. Je dors chez elle.

— Ah ? Tu dors chez Iona ? Très bien.

Entendant le projet de sa fille, Sebastian intervint ;

— Non, je ne suis pas sûr que ce soit une bonne idée.

— Tu plaisantes ! s'exclama Angel. Ça fait des mois qu'on en parle.

Elle s'était cabrée et défiait son père.

Felicity le regarda. S'il voulait se faire accepter, il avait intérêt à se montrer plus souple. Et puis, quel risque prenait leur fille à dormir chez son amie ?

— Écoute, ma chérie, on verra ça plus tard, tu veux bien ?

— Mais maman ! Il n'y a pas de raison que je rate cette soirée. Tout le monde y sera.

— Attendons, tu veux bien ?

— On ne dit pas non, intervint de nouveau Sebastian. On veut simplement voir comment se passe ton retour au lycée.

Muette de stupéfaction, Angel regarda ses parents et sortit en tirant son amie par la manche.

Dès qu'elles eurent disparu, Flick se dirigea vers la cuisine. Elle voulait s'éloigner de Sebastian. Il était trop attirant et, elle, trop peu vêtue…

Tout à coup, elle entendit crier à l'étage.

— Angel ! Que se passe-t-il ?

Suivie par Sebastian, elle monta les marches quatre à quatre et entra dans la chambre de leur fille.

— Regarde, maman ! Un téléviseur !

— Elle a dit qu'elle en voulait un dans sa chambre, s'excusa Sebastian.

Oubliant qu'un instant plus tôt elle le détestait, Angel, ravie, jouait déjà avec la télécommande.

— C'est trop cool ! J'économisais pour m'en offrir un mais je n'y serais jamais arrivée sans toi !

Contrariée, Felicity sortit de la chambre.

— Ce n'est pas cela, être un père, dit-elle à Sebastian. Je t'interdis de la pourrir avec tes cadeaux. Il serait temps que tu apprennes à dire non.

— Mais elle ne m'avait rien demandé ! se rebiffa-t-il. C'est un cadeau.

— C'est trop. La voiture, une robe pour moi, maintenant ce téléviseur…

— Comprends-moi, Flick. J'essaie de me racheter. Pendant seize ans je n'ai rien fait pour vous, je ne vous ai rien donné, rien offert, permets-moi de rattraper le temps perdu. S'il te plaît. Je veux tellement que vous soyez heureuses !

— Le bonheur ne s'achète pas, Sebastian.

Furieuse, elle jeta sa serviette et le paquet sur le lit et se dirigea vers la coiffeuse. Elle avait les joues rouges et les yeux brillants de colère. Car il gâtait trop leur fille, car il ne l'écoutait pas, car avec son hôtel de luxe, il mettait en péril son modeste hôtel, car il s'immisçait dans le duo mère-fille qui avait toujours si bien fonctionné…

— Qu'est-ce que tu veux dire, Flick ?

Elle avait à la fois envie de pleurer et de se jeter dans ses bras.

— S'il te plaît, Flick, parle-moi !

Elle le regarda dans le miroir.

— Te parler ? À quoi bon, puisque tu ne m'écoutes pas ?

— Mais si, je t'écoute.

— Comme quand tu as autorisé Angel à inviter son amie alors que j'avais dit que je trouvais ça prématuré ?

— Oui, je sais, je suis désolé mais je t'ai dit que j'étais…

— Triste, peiné, oui je sais. Mais pense à ce que je peux ressentir. Je suis sa mère, je l'ai élevée, seule, du mieux que j'ai pu. Et, du jour au lendemain, tu arrives et tu te mets à tout diriger, à lui passer tous ses caprices…

— Ce n'est pas tout à fait juste, Flick. Une chose est sûre, en tout cas : je ne cherche pas à acheter votre bonheur.

Il la suppliait du regard d'un air si attendrissant qu'elle crut qu'elle allait flancher.

Mais au lieu d'aller vers lui, elle prit sa brosse à cheveux et les lissa vigoureusement. Elle ne voulait pas de son argent ! Qu'il la couvre de cadeaux ne l'intéressait pas. Ce qu'elle désirait c'était lui, son cœur, son âme.

Décidée à frapper un grand coup, elle ajouta :

— Nous n'avons pas besoin que tu nous fasses la charité, Sebastian.

En rage, il traversa la pièce et lui prit la brosse des mains.

— Arrête, Flick !

— Laisse-moi !

— Tu penses vraiment que c'est comme ça que je te vois ?

Il posa la brosse et la força à le regarder.

— Comme quelqu'un à qui on fait la charité ?

Son regard brillait, dur, féroce. Brusquement, il la plaqua contre lui, et elle sentit qu'elle perdait pied. Il y avait ce parfum, entêtant, ces caresses voluptueuses sur son dos, et cette poitrine contre la sienne…

La tête commença à lui tourner.

— C'est te faire la charité, ça aussi ?

Sans lui laisser le temps de répondre, il prit ses lèvres. Instinctivement, elle plongea les mains dans ses cheveux. Mon Dieu, comme c'était bon !

Il la lâcha soudain, et dit d'un ton grave :

— Je ne te fais pas la charité, Flick. Je te désire, je te veux, je veux te sentir et te prendre…

Éperdue, elle ferma les yeux, abandonnée.

— Je veux aussi te protéger, prendre soin de toi. Et me perdre en toi.

Elle n'entendit que les derniers mots.

Me perdre en toi.

C'est ce qu'elle désirait, elle aussi. Se perdre dans le plaisir qu'il savait lui donner. Oublier le passé, le présent, le futur et jouir de l'instant. Uniquement de l'instant. Corps et âme. Toute à lui.

— Tu n'imagines pas comme j'ai envie de toi, dit-il en glissant les mains dans ses cheveux. Dis-moi que tu as envie de moi, toi aussi.

— Oui, Sebastian, j'ai envie de toi.

Il l'embrassa avec fougue, puis promena sa bouche dans son cou, sur ses seins.

— Je te désire tellement que cela me fait mal, Flick.

Elle gémit. Elle voulait qu'il continue. Elle voulait plus de mots, plus de baisers, de caresses, elle voulait tout.

— Que faisons-nous ? dit-il soudain, comme au sortir d'un rêve.

— Je ne sais pas…

Il chercha son regard, prit son visage dans ses mains, très douces sur ses joues. Puis il recommença à l'embrasser, sans la quitter des yeux, décuplant son désir. Il la souleva et la plaqua de nouveau contre lui.

— Dis-moi d'arrêter, Flick. Et je m'arrêterai.

Mais elle ne voulait pas. Au lieu de s'écarter de lui, elle lui ôta lentement sa chemise.

— J'ai envie de toi, Sebastian.

Fermant les yeux, elle l'embrassa passionnément, redoutant qu'il voie que ce désir ardent dissimulait un autre sentiment, bien plus fort encore : l'amour. Car elle devinait que cela le ferait fuir.

Et s'il l'abandonnait maintenant, jamais elle ne s'en remettrait.

14.

J'ai envie de toi, Sebastian...

Son regard, les mots qu'elle avait murmurés avant de fermer les yeux… Pourquoi avait-il le sentiment qu'elle voulait lui dire beaucoup de choses ?

Il aurait dû avoir peur. Il aurait dû arrêter. Conscient qu'il ne pouvait pas lui donner ce qu'elle demandait en retour, ce qu'elle méritait en retour, il l'avait suppliée de l'arrêter. Au lieu de cela, elle lui avait tout donné.

J'ai envie de toi, Sebastian...

Ces mots le tétanisaient. Il ignorait ce que serait demain, mais il les aimait et il se sentait revivre.

Il entraîna Flick jusqu'au lit et l'y allongea.

— Regarde-moi…

Tremblante, elle empoigna ses cheveux.

— Tu le veux… vraiment ? lui demanda-t-il.

Elle se mordait les lèvres, le dévorait du regard. En bas, les filles avaient branché le téléviseur et la musique montait jusqu'à eux. Elles ne risquaient pas d'entrer mais… inquiet, il alla fermer la porte à clé.

Quand il se retourna et la vit, alanguie sur le lit, le sang se mit à cogner dans ses tempes. Il s'allongea près d'elle et murmura :

— Je n'ai jamais désiré une femme comme je te désire, Flick…

Il avait tellement d'autres choses à lui dire… Ces années

perdues et dont il ne savait rien le torturaient. Avait-elle eu d'autres hommes ? Des hommes qui avaient compté pour elle ? Des amants…

Voilà qu'il était jaloux, maintenant ! De quel droit ?

— Sebastian ?

Elle prit son visage et l'attira à elle.

— Embrasse-moi.

Était-ce sa façon de lui dire adieu ?

Sans promesses, sans regrets…

Il l'embrassa comme si c'était la dernière fois, et elle lui répondit avec ferveur. Ses seins contre sa poitrine, entravée par le petit triangle d'étoffe qui la séparait de lui, elle se tendait vers lui. Il lâcha alors la bride à son désir. Il la voulait, il voulait tout d'elle, sans retenue, sans frein et sans pudeur.

Il embrassa son front, son nez, descendit vers son cou, sa poitrine, mordilla ses mamelons puis glissa la main entre ses cuisses, lui arrachant un cri de plaisir.

Il sourit, ravi. Mais il voulait plus. Plus de cris, plus de passion, plus de tout ce qu'elle pouvait donner.

C'était bon. Sa peau nue était tendre, son odeur, cette façon d'onduler sous lui – contre son corps, dur, qui disait clairement son désir –, ses gémissements et ses mains qui ne le lâchaient plus… Il dut inspirer très fort pour se retenir de la faire sienne, là, tout de suite…

Car il voulait prendre son temps, graver à jamais dans sa mémoire le souvenir de ce moment de bonheur partagé.

— Viens…

— Tu… Tu prends la pilule ? murmura-t-il.

— Oui !

Elle dégrafa son pantalon qu'il fit glisser sur ses jambes.

— Sois patiente…

Il lui ôta son bikini et la regarda, émerveillé, cherchant à mémoriser chaque centimètre de sa peau, chaque courbe, le creux entre ses cuisses, ses jambes…

— Tu es belle, tu sais…

Il glissa sur elle pour lui prodiguer la plus douce, la plus intime des caresses.

— Oh ! gémit-elle. Viens. Prends-moi !

D’un coup de reins, il la pénétra. Prête à l’accueillir, elle plaqua ses hanches contre les siennes.

— Sebastian…

Les corps mêlés ondulant à l’unisson, ils reçurent le plaisir comme une délivrance et jouirent dans un même cri, priant le ciel que cette magie n’ait pas de fin. Jamais.

Bouleversée intérieurement mais calme en apparence, Felicity avait réussi à ne rien laisser paraître de ses émotions. Même Angel avait lancé :

— Comme tu es calme, maman ! Tu as l’air bien.

Pourtant, Sebastian ne lui avait pas dit qu’il l’aimait.

Au plus fort de leurs ébats, elle avait cru, elle avait espéré qu’il lui dirait son amour. Mais rien, pas un mot.

Par la suite, non plus. La vérité, cruelle, s’était alors imposée comme une évidence : il la voulait, il voulait la posséder comme on possède un objet, mais sans l’aimer.

Désirer et aimer n’étaient pas synonymes.

Elle le regarda. De l’autre côté de la table, il la dévisageait de ses yeux sombres.

— Tu m’emmènes, maman ? Ou dépose-moi à l’arrêt de bus et je ferai le reste du chemin à pied.

Totalement ailleurs, elle regarda sa fille.

— T’emmener où ?

— Au lycée. Lundi.

Felicity avala une gorgée de vin et reposa son verre.

— Je peux y aller si ça vous arrange, intervint Sebastian. J’ai rendez-vous en ville de toute façon.

— Non, non, pas de problème, je t’emmènerai, dit

Felicity. Je dois passer à l'hôtel. Toi, tu as des choses plus importantes à faire.

— Pas du tout ! Ça me fait plaisir d'emmener Angel.

— J'irai, conclut-elle d'un ton ferme.

Quelques heures plus tard, Felicity s'était radoucie. Mais elle avait besoin de retourner à sa routine. À sa vie d'avant, avec Angel. Besoin de sortir de cet univers dans lequel elle ne se sentait pas à l'aise et qui ne lui ressemblait pas. Besoin de retrouver la simplicité de son modeste établissement.

Le calme revenait peu à peu. Bientôt tout le monde saurait qu'Angel avait un père et que ce père, c'était Sebastian.

— Il faudrait peut-être informer le lycée que des journalistes risquent de venir.

— La direction le sait déjà, dit Sebastian. J'ai prévenu, la semaine dernière.

— J'aurais préféré le faire moi-même, répliqua Flick d'un ton cassant.

— La directrice était ravie.

— Combien as-tu donné pour l'association des parents d'élèves ?

— Pardon ?

— Je suppose que tu lui as promis des fonds pour son école !

Felicity prit ses couverts et s'attaqua au steak qu'elle avait commandé. Mais, bizarrement, elle n'avait pas faim.

— Je… C'est important ?

Ils n'allaient quand même pas se battre à propos du lycée ! Une dispute serait déplacée en présence des filles qui riaient de leurs chamailleries et s'amusaient à compter les points.

— Oui… Non… Peut-être pas.

Quel mal y avait-il à aider le lycée qui souffrait d'un

cruel manque de moyens ? Le don en argent qu'il avait promis profiterait autant à leur fille qu'aux autres enfants de la région.

Sa réaction était excessive, et elle le savait. Ce n'était pas cette histoire d'argent qui la contrariait. Elle était à fleur de peau car elle sentait qu'elle risquait de souffrir, une nouvelle fois.

Et elle ne pouvait rien reprocher à Sebastian. Au contraire, elle ne pouvait s'en prendre qu'à elle-même.

15.

— Je ne comprends toujours pas, grogna Angel penchée sur une équation qu'elle essayait désespérément de résoudre.

— Montre-moi, je vais t'expliquer.

Comme il l'avait fait plus de dix fois cette semaine, Sebastian s'assit près de sa fille.

Il adorait l'aider. Se couler – sur le tard – dans son rôle de père, ce qu'il n'osait pas faire quand Flick était dans les parages.

Finalement, son retour ne leur avait rien valu, à tous les deux. Il n'avait fait que les éloigner l'un de l'autre. C'était tout juste si elle supportait de rester dans la même pièce que lui.

Le matin, elle lui disait bonjour du bout des lèvres et s'empressait de filer avec Angel. Il ne les revoyait que le soir, au dîner.

Gagné par l'angoisse, il soupira. Il partait bientôt et sentait que le lien qu'il avait tenté de tisser serait rompu pour toujours.

— Regarde, dit-il, pointant un doigt sur l'équation. Si tu bouges $2ab$ et x…

— Coucou, maman !

Sebastian sursauta. Flick était là, sur le seuil, et les regardait, l'air glacé.

Elle sourit à sa fille.

— Tu es prête ?

Angel rassembla livres et cahiers et les rangea dans son cartable.

— Merci, Sebastian. On pourra continuer ce soir ?

— Bien sûr.

— Le facteur est passé. Il y a du courrier pour vous, mademoiselle Gardner, dit Maddie en entrant précipitamment dans la pièce.

— Maman ! Regarde !

Angel avait ouvert l'enveloppe que Maddie lui avait remise et elle jubilait.

— Merci, Sebastian. Merci, merci !

Et elle lui sauta au cou.

— Que se passe-t-il ? demanda Felicity.

— Regarde, maman ! Mais regarde !

Aux anges, Angel agitait des billets.

— Ce sont des billets pour un concert de rock cet été et des pass pour aller backstage. C'est pas possible ! Je ne le crois pas !

Sebastian retint son souffle. Flick allait lui en vouloir. Après les reproches qu'elle lui avait adressés à propos de ses dépenses, l'idée d'offrir des places à Angel était malvenue. Mais les billets étaient déjà achetés quand elle lui avait fait part de sa contrariété.

— C'est génial ! Je vais téléphoner à Iona pour lui dire. Il y a deux billets, c'est pour que j'invite quelqu'un ? C'est ça ?

— Oui, bien sûr… À moins que ta maman veuille t'accompagner… Je peux aussi acheter d'autres billets.

— Non !

Le message était clair et sans appel.

Angel prit son portable, son cartable, puis elle sortit, les laissant en tête à tête.

— Je suis désolé…

Elle lui coupa la parole.

— Épargne-moi ça, Sebastian, je t'en prie. Je croyais

avoir été claire, mais je vois que tu n'as pas compris. Ou que tu t'en moques.

Décidément, il avait tout faux.

— Mais non, Flick, je ne m'en moque pas. Et j'avais parfaitement compris ton message. Mais mon assistante a acheté les billets avant le pique-nique, avant que tu me…

Elle hochait la tête en signe de dénégation.

— Pourquoi t'obstines-tu à nous faire des cadeaux ? Je ne cesse de te dire que nous n'avons besoin de rien. Si c'est une façon de racheter ton absence de seize ans, dis-toi que tu ne compenseras jamais le vide par de l'argent. Quel sens cela peut-il avoir, d'ailleurs, alors que nous ne sommes même pas sûres que tu seras encore là dans un mois, dans une semaine ? Désolée, Sebastian, je n'ai plus confiance.

— Mais… Je suis là, Flick. Je ne pars pas. Je te l'ai dit. Je te l'ai *promis*.

— Peut-être pas maintenant, parce que tu as cette maison à transformer. Mais quand ce sera fini ?

Elle haussa les épaules.

— Tu te fiches du sort de mon hôtel. Tu te fiches de ce que deviendra ma vie quand le resort Dubois aura ouvert.

— Je ne vois pas ce que tu veux dire.

Ses lèvres frémissaient, elle avait les larmes aux yeux mais s'interdisait de pleurer devant lui.

— Ah, tu ne vois pas ?

Cette fois, sa colère explosa.

— Tu construis un hôtel, pour quelques privilégiés, à deux pas de mon établissement ! Ne me dis pas que tu ne sais pas l'impact que ton hôtel aura sur le mien, je ne te croirai pas !

— Je pense au contraire qu'il peut être un plus pour tes affaires.

Elle ricana mais le laissa poursuivre.

— Mon resort va amener du monde. Relever le niveau

d'Elmdale. Te valoir de nouveaux clients. Crois-tu, sincèrement, que je le ferais si je pensais que ça peut te faire du tort ?

Elle le foudroya du regard. De nouveau, il lui faisait du mal. Finalement, leur histoire n'était qu'une litanie de chagrins et d'incompréhension.

— Écoute, Flick. Je suis désolé. Vraiment.

Il se rapprocha d'elle mais elle détourna la tête. Elle ne voulait plus ni l'entendre, ni le voir.

— Et je vais te dire une chose : je ne suis même pas sûr de réaliser ce projet.

— Bien sûr ! ricana-t-elle. Tu dis ça aujourd'hui mais…

— Détrompe-toi. J'y réfléchis sérieusement.

Il voulut lui saisir les bras mais elle esquiva.

— Je suis sérieux. Et d'abord, écoute-moi. Je ne pars pas, tu m'entends ? Je veux rester ici. Avec vous. Je nous veux tous les trois ensemble.

— Non… Je ne peux pas…

Les yeux fermés, elle hochait la tête.

— Je ne supporterai pas tout ça…

Elle se tut.

— Quoi, tout ça ?

— De te voir avec Angel, en train d'étudier, de rire, de plaisanter comme si ces seize années n'avaient pas existé. Je ne suis pas faite pour cette vie-là, pour ce monde où il suffit de claquer des doigts pour que les choses arrivent.

— Je regrette, pour les billets.

— Ça n'a rien à voir avec les billets ! C'est à cause de tout. C'est trop. J'étouffe. Je veux rentrer chez moi. J'ai besoin de mon espace, loin de toi, de nous, loin d'ici.

— Non, Flick, s'il te plaît, ne fais pas ça !

— L'hôtel a été calme toute la semaine. Les journalistes se sont lassés. Nous n'avons plus de raisons de rester ici.

— Si, Flick. Si tu veux nous donner une chance.

— *Nous* ?

Incrédule, elle le fixa.

— Il n'y a pas de *nous*, Sebastian. Il n'y en a pas eu pendant seize ans. Le week-end dernier a été une erreur. C'est parce que nous étions confinés.

Elle empoigna son sac, le balança sur son épaule.

— Continuons, chacun chez soi. Tu verras Angel autant que tu voudras. Si tu le souhaites, elle ira chez toi mais, moi, j'ai besoin de retrouver toute ma liberté.

Elle se détourna pour partir mais il lui empoigna le bras.

— Tu me fais mal !

— Ne pars pas.

D'un geste brusque, elle se dégagea.

— Il faut que je parte.

— Épouse-moi, Flick !

Elle se figea. Ces trois mots lui avaient sûrement échappé…

Un silence plana.

Il lui prit la main, la forçant à se tourner vers lui.

— Tu veux bien m'épouser ?

— Tu ne sais pas ce que tu dis.

— Tu crois ?

Pâle, les yeux plissés, elle le considérait avec défiance. Comment pouvait-il lui faire comprendre que ce qu'il désirait par-dessus tout, c'était qu'ils soient heureux, ici, ensemble ?

Il voulait être un père exemplaire, il essayait, apprenait. Pourquoi ne se révélerait-il pas, aussi, un bon compagnon… si elle acceptait de lui laisser sa chance ?

— Ça va, Sebastian. Ne joue pas avec moi.

— Mais… je ne joue pas.

Il prit son autre main, les serra toutes les deux dans les siennes et la regarda dans les yeux.

— Ce ne sont pas des paroles en l'air, Flick. Je vous veux dans ma vie, Angel et toi. Épouse-moi. Sois ma femme, laisse-moi veiller sur vous, permets-moi de t'offrir ça.

Il pointa du doigt le toit au-dessus de leurs têtes.

— S'il te plaît, Flick.

Elle respirait mal. Cela ne l'empêcha pas de le narguer.

— Est-ce que tu m'aimes ? Dis-moi que tu m'aimes et ce sera oui.

— Mais…

— C'est bien ça. Tu ne peux pas… Ou tu ne veux pas.

Comment pouvait-elle raisonner aussi faux ? Se rendait-elle compte qu'elle le crucifiait ? Que chaque mot, chaque syllabe était un coup de poignard.

— T'épouser ? Tu joues à quoi, là ? Tu te crois obligé ?

— Sûrement pas ! Nous formons une bonne équipe, non ? Tout *marche* bien entre nous. Le week-end dernier l'a prouvé, non ? Je sais que tu me désires, autant que je te désire.

— C'est vrai, j'ai envie de toi.

Son rire le glaça. Son regard aussi. Il ne brillait pas d'amour mais d'une soif de vengeance.

— Tant pis pour moi ! J'aurai toujours envie de toi, Sebastian. Mais t'épouser ? Non, merci ! Je préfère retourner à mon hôtel, avec tous les risques que ton fichu resort me fait courir, plutôt que de partager ton lit dans un mariage sans amour. Au revoir, Sebastian. Je m'en vais !

Désespéré, il la regarda s'éloigner. Il était riche, mais ne pouvait acheter l'unique chose qu'il désirait par-dessus tout. Flick venait de le lui démontrer.

— Maman ?

Au volant de la voiture que Sebastian lui avait achetée, Felicity fixait la route. Elle lui rendrait son auto. Elle ne voulait rien de lui, sauf ce qu'il n'était pas décidé à lui donner : son amour.

— Maman ? répéta Angel. Ça va, Sebastian et toi ?

Soucieuse de cacher son chagrin à sa fille, Felicity essuya discrètement une larme furtive.

— Oui, ma chérie. Pourquoi ?

— Parce que tu pleures.

Felicity jura tout bas.

— Mais si, tout va bien. Disons, que ça va aller. Ces derniers quinze jours ont été tellement étranges ! J'ai été bousculée, tu comprends ?

Angel opina.

— Je sais.

— Mais ne t'inquiète pas. Tout va rentrer dans l'ordre dès qu'on sera de retour à l'hôtel. Tu as ta soirée demain, ça va être sympa !

— Oui mais, si tu veux, je reste avec toi. Je peux annuler.

— Sûrement pas. Tu sais, une bonne nuit de sommeil et je serai d'aplomb demain.

— T'es sûre ? Parce que je te jure que ça ne me gêne pas de ne pas y aller.

Elle se mordillait les lèvres, semblait hésiter.

— Tu sais, maman. Il fait ce qu'il peut pour nous rendre heureuses. Je pense qu'il a bon cœur.

Felicity sourit tristement.

— Tiens, on dirait oncle Theo !

Une belle décapotable roulait vers la maison. Cheveux blonds au vent, c'était effectivement Theo. Seul. Son amie Bree ne l'accompagnait pas. Ces deux-là étaient devenus inséparables, pourtant.

Felicity lui adressa un signe de la main et poursuivit sa route. Elle n'était pas d'humeur à bavarder. Plus tôt elle quitterait Ferrington et ses occupants, mieux elle se porterait. Voir Sebastian, dont la complicité avec Angel la rendait jalouse, la bouleversait. Il lui avait proposé le mariage parce qu'il avait un sens certain du devoir. Elle y avait cru une seconde et s'était raisonnée à temps. Avant de se ridiculiser.

Elle serra le volant plus fort. Il pouvait garder son argent et le distribuer ailleurs !

Pour l'heure, qu'il reste à Ferrington ou pas, elle ne lui demandait qu'une chose : ne pas rompre le contact avec Angel. En ce qui la concernait, elle se débrouillerait avec les difficultés qu'allait connaître son hôtel à cause du resort. Et avec son cœur brisé.

Cela valait mieux qu'unir sa vie à celle d'un homme qui ne l'aimerait jamais.

16.

— Alors quoi, tu vas me parler, oui ou non ?

Glacial, Sebastian regarda son frère qui s'activait devant le feu.

— Remets donc une bûche dans la cheminée.

— D'accord, mais je ne suis pas venu ici pour souffler sur les flammes. Si j'avais su que tu ferais cette tête, je te prie de croire que je serais reparti à Paris sans venir te voir.

Il avait froid. Le ciel était gris et la maison fraîche. Mais c'était peut-être le départ de Flick et d'Angel qui le faisait frissonner. Sans elles, la maison était triste et sans vie.

Theo servit deux verres de whisky et en tendit un à son frère.

— Ça va te faire du bien. À ta santé !

— À ta santé, répondit Sebastian.

Il but, fit la grimace. C'était chaud. Réconfortant. Il en avait besoin.

— Tu vas finir par me dire ce qui se passe, oui ou non ? J'aimerais savoir avant de partir.

— J'ai demandé à Flick de m'épouser.

— Quoi ?

Theo faillit laisser tomber son verre.

— Tu lui as demandé ça ! Pourquoi ? Elle est enceinte ? Encore ?

— Non ! Quelle idée !

Il vit les épaules de son frère s'affaisser.

— Pourquoi, alors, si elle n'est pas enceinte ?

— J'étais en train de la perdre. J'étais désespéré. Je l'ai fait pour la convaincre que j'étais décidé à rester.

— Tu es fou, mon frère ! Après deux semaines ! Tu...

Theo fronça les sourcils.

— Ou alors, il y a quelque chose que j'ignore.

— Que veux-tu dire ?

— Bree est convaincue que Felicity ne t'a jamais oublié. Si c'est le cas, pourquoi a-t-elle quitté Ferrington comme une voleuse ? Je l'ai croisée, et elle n'avait pas l'air d'une femme qu'on vient de demander en mariage. Elle avait l'air triste... Que se passe-t-il, Sebastian ?

Songeur, Sebastian regarda le feu, les flammes qui dansaient joyeusement, et il repensa à sa demande en mariage.

— Elle m'a accusé de l'épouser par devoir.

— Bon, et alors ? Où est le drame ?

— Elle a voulu me faire dire que je l'aimais.

— Je comprends. Et alors, tu l'aimes ?

Sebastian fit oui de la tête. Bien sûr qu'il l'aimait ! Il l'aimait même s'il ne fallait pas, même s'il s'était juré de ne jamais aimer.

— De quoi as-tu peur, Sebastian ?

Theo, le léger, le fantasque, appelait rarement son frère par son prénom et n'abordait que rarement les sujets sérieux, surtout sur ce ton grave.

À cet instant, il le savait, son frère repensait au passé. À cette nuit où les propos de leur grand-père et la colère qui avait fait trembler les murs de la pièce, l'avaient fait déraper.

— Tu peux me parler, frère. N'oublie pas que j'étais là... Je t'ai vu pâlir quand le vieux t'a balancé tout ça à la figure, à toi, à nous. J'ai été témoin de ton effroi. Mais depuis que je suis là, je te trouve changé. J'ai pensé que tu avais balayé tout cela et...

— Je me fais peur, Theo, coupa Sebastian. Je me demande de quoi je suis capable.

Les mots avaient fusé, sans qu'il puisse les retenir. Sans doute avait-il besoin de les évacuer ? Sans doute prenaient-ils trop de place dans sa mémoire.

— Tu n'es pas notre père, Sebastian. Tu n'es pas non plus notre grand-père. Tu te crois capable de lui faire du mal ? Tu te trompes, bien sûr.

— J'ai peur, aussi, de ne pas lui donner l'amour qu'elle mérite.

Theo avala une gorgée de whisky. Il en avait besoin pour poursuivre.

— Je te connais bien, je crois, Sebastian. Tu es un type bien.

— On dirait Flick qui parle !

— Tu ferais bien de l'écouter !

Les deux frères se mirent à rire.

— Je ne mérite pas d'être heureux. Je ne la mérite pas, reprit Sebastian, retrouvant son sérieux.

— N'importe quoi !

Sebastian voulut parler, mais Theo le fit taire.

— Je suis ici grâce à toi. Ce que tu as fait pour maman, pour moi, tu l'as fait par amour. Nous avons cherché à oublier, nous avons tout enterré mais le passé nous poursuit toute la vie. Je pensais que tu avais dépassé cela mais, depuis hier, depuis mon arrivée, je ne t'ai jamais vu aussi malheureux…

Sebastian grommela quelque chose que Theo ne comprit pas puis il haussa les épaules.

— Il est temps d'accepter le passé et d'avancer, avant de perdre ce qui t'est arrivé de mieux dans la vie. Flick, bien sûr. Tu lui dois la vérité. Elle attend depuis assez longtemps…

La sonnerie du téléphone vint les interrompre. Sebastian

sortit son portable de sa poche, jeta un coup d'œil à l'écran et retint sa respiration.

— Oui, Angel. Que se passe-t-il ?

Felicity remplit la bouilloire et l'alluma. Pas assez fatiguée pour aller se coucher, le cerveau en ébullition, elle n'était pas bien.

Elle pensait que son retour à l'hôtel lui apporterait le calme et les satisfactions qu'elle connaissait avant la réapparition de Sebastian. Il n'en était rien. Au contraire. Il lui faisait toucher du doigt la tristesse de son existence. Sans lui, elle se sentait comme une coquille vide.

Avait-elle commis une erreur ? Aurait-elle mieux fait d'accepter sa proposition ? De vivre comme s'ils formaient une famille, même sans amour en retour ?

Non, elle n'aurait pas pu. Seize ans… Le temps avait fini par apaiser son chagrin. Cette fois-ci encore, il ferait son œuvre.

Un *clic* du côté de la bouilloire annonça que l'eau était chaude. Une tisane, et elle monterait se coucher.

Elle prenait un sachet dans la boîte quand elle entendit la porte de derrière s'ouvrir. Intriguée par cette arrivée tardive, elle alla voir.

— Angel ! Mais qu'est-ce qu'il t'arrive ? Tu as pleuré ?

Avec son mascara qui avait coulé et son air bouleversé, Angel avait de quoi inquiéter.

— Ça va, maman.

Elle se jeta dans les bras de sa mère.

— Je vais bien, maintenant.

— Mais…

En percevant un bruit, un peu plus loin, Felicity releva la tête. Et crut défaillir.

Sebastian s'avançait dans le couloir, l'air gêné. Il esquissa un sourire timide.

— Tu as bien choisi ton moment, ma chérie. Je faisais bouillir de l'eau pour une tisane. Tu vas me raconter ce qu'il t'est arrivé, d'accord ?

— Je vous laisse, dit Sebastian en se tournant pour partir.

— Non, papa !

Il s'immobilisa. *Papa*. C'était la première fois qu'elle l'appelait ainsi.

Heureuse et peinée à la fois, Felicity repoussa légèrement Angel, toujours lovée dans ses bras.

— Maman ? Ce n'est pas la peine qu'il parte, si ?

— Non, il peut rester, bien sûr.

— Merci, maman. Je vais me changer.

— Va. Tu prendras une tisane ou un chocolat ?

— Un chocolat. Évidemment !

Sa fille disparue, Felicity retourna dans la cuisine.

— Tu voudras une tisane, un café ou un chocolat, Sebastian ?

— Comme tu veux.

Préoccupée par ce qui était arrivé à sa fille, elle prépara deux tisanes. Que s'était-il passé ? Qui l'avait fait pleurer ? Pourquoi était-ce Sebastian qui la ramenait à la maison ? Et pourquoi se taisait-il ?

Elle allait l'interroger quand il expliqua qu'Angel l'avait appelé.

— Il y avait un homme à sa soirée, qu'elle ne connaissait pas. Il était plus âgé qu'elle, ça l'a flattée mais c'était un journaliste qui voulait un scoop.

Felicity s'y attendait. Elle le savait, ça ne serait qu'une question de temps.

— Grâce à ses amis, elle a réussi à se débarrasser de lui mais cela l'a secouée.

— Je m'en doute. Pourquoi ne m'a-t-elle pas appelée ?

— Elle craignait de t'inquiéter.

— Mais je suis sa mère !

— Elle avait peur que cela ne crée encore plus de problèmes entre nous.

— Elle n'a pas tort, ironisa-t-elle.

— Je suis désolé. J'aurais préféré lui épargner ça.

— *Nous* aurions préféré.

Elle était tellement à vif qu'elle ne pouvait s'empêcher de l'agresser alors qu'elle n'avait qu'un désir : se blottir contre lui. Mais c'était plus fort qu'elle.

— Angel a quand même raison, admit-elle. Tu n'y es pour rien.

— Si. Je n'avais qu'à rester là où j'étais. Je n'aurais jamais dû revenir.

D'un pas décidé, elle traversa la pièce, vers lui, et prit son visage dans ses mains.

— Tu n'es pas responsable du comportement scandaleux de certaines personnes, Sebastian. Des journalistes, en particulier. On règlera cela le moment venu. Dis-toi, quand même, qu'Angel a une chance d'oublier cet incident. Grâce à toi et à ta bienveillance

— J'aurais souhaité qu'il n'y ait pas d'incident.

— *Nous* aurions souhaité, le reprit-elle.

Il sourit.

— Je t'avoue que je ne m'attendais pas à l'entendre t'appeler *papa*. Il est vrai que, célèbre ou pas, tu es son père.

Elle posa le bol sur le comptoir.

— Je crois que tu occupes déjà une grande place dans son cœur, Sebastian.

— Et toi, Flick ? demanda-t-il. Est-ce que j'occupe une place dans ton cœur ?

Elle leva la main pour l'arrêter.

— Pitié, Sebastian ! Ne recommence pas. Je suis heureuse de t'avoir de nouveau dans nos vies, je suis heureuse qu'Angel, maintenant, ait son père mais, s'il te plaît…

Incapable de prononcer un mot de plus tant elle était stressée, elle se tut.

— Écoute-moi, Flick.

Il fit un pas vers elle.

— Il faut que je te dise quelque chose. J'aurais déjà dû te le dire hier, mais… je n'ai pas osé. Ce que j'éprouve me paralyse. Je t'aime, Flick.

L'air sembla se raréfier. Elle plaqua la main sur son cœur.

— Je t'aime, Flick, répéta-t-il. Tu ne peux pas savoir à quel point. Tu n'as peut-être pas envie de l'entendre mais c'est comme ça.

Il se rapprocha encore.

— Si tu veux, j'arrêterai de vous faire des cadeaux, j'arrêterai de gâter Angel, mais, toi, je n'arrêterai jamais de t'aimer.

Il était si près d'elle qu'il lui communiquait sa chaleur, qu'elle sentait son parfum, son odeur. Mais elle restait figée, comme pétrifiée par cette déclaration qui était l'inverse de ce à quoi elle s'attendait.

— Oui, poursuivit-il, je rêve que nous formions une famille. Oui, je souhaite que vous viviez avec moi car je veux vous protéger, prendre soin de vous, vous aimer comme vous le méritez. Mais, plus que tout, je désire t'épouser, Flick, parce que je suis amoureux de toi.

— Mais cela ne fait que quinze jours que…

Elle parlait si bas qu'il ne l'entendit pas.

— Comment peux-tu dire cela après tout juste deux semaines ? répéta-t-elle.

— Non, Flick. Je t'aime depuis toujours. Je t'aimais avant de disparaître. Je t'ai aimée tout le temps, ensuite. Personne ne t'a jamais remplacée dans mon cœur. C'était impossible.

— Mais tu as dit… Tu m'as dit que tu ne pouvais pas…

— Je sais. Je te l'ai dit. Mais c'était idiot. Je suis un

imbécile malmené par la vie, brisé, qui ne réalisait pas ce qu'il avait la chance d'avoir sous les yeux.

— C'est quoi ?

— Toi, Flick. Toi ! Sans toi, je ne suis rien. J'en ai pris conscience et je veux te le dire et te le redire : je t'aime. J'ai admis aussi que je ne suis pas comme mon père et que je ne te ferai jamais de mal.

Il se frappa la poitrine.

— Cette douleur, là… Le chagrin d'être séparé de toi… Cela m'a fait assez souffrir.

— Oui…

Les larmes aux yeux, elle posa la main sur la sienne.

— Tu m'aimes ? Vraiment ?

— Oui. Mais je sais que je dois regagner ta confiance et te laisser du temps. Je dois…

Voyant qu'elle hochait la tête, il s'arrêta.

— Non, Sebastian, non.

Elle caressa ses joues.

— Je n'ai pas besoin de temps. Parce que moi aussi, je t'aime.

— C'est vrai ?

— Oui ! Je ne voulais rien savoir parce que j'avais peur que tu n'agisses que par obligation et je n'avais qu'une envie, partir en courant. Il n'empêche, mes sentiments pour toi sont tellement forts que je ne suis pas plus capable de les faire taire que de te dire de partir.

Il la serra dans ses bras.

— Comme je suis bête ! Theo avait raison.

— Theo ?

— Oui, je t'expliquerai plus tard. Pour l'instant, réponds-moi, acceptes-tu de m'épouser ?

— Oui… Oh oui !

Et elle l'embrassa, et l'embrassa encore. Passionnément.

— Voilà votre demoiselle d'honneur !

Ils se séparèrent et regardèrent du côté de la porte.

— Angel… ton père et moi, nous étions…

— Ne rougis pas, maman. Tu es en âge de te marier, tu sais !

Elle éclata de rire et courut vers eux pour les serrer dans ses bras.

— Je ne sais pas ce que j'ai fait pour vous mériter toutes les deux. Il va falloir que j'assure, maintenant !

— Tu assures déjà, papa. Pas d'inquiétude.

Se hissant sur la pointe des pieds, Flick déposa un baiser sur chacune de ses joues.

— Notre fille a raison. Tu assures déjà.

Épilogue

Trois ans plus tard

— C'est parfait, maman.

Le nez en l'air au pied du bâtiment, Angel et sa mère admiraient les travaux.

— Frank a vraiment fait du bon boulot.

Felicity posa la main sur son ventre arrondi et fit la grimace.

— Aïe !

— Ça va, maman ?

— Ne commence pas, toi aussi.

— Papa se fait du souci pour toi… et pour mon futur petit frère.

Elle embrassa sa fille.

— Je crois que ton petit frère est impatient de faire son entrée en ce monde.

— Il va falloir qu'il patiente un peu. On a la soirée d'ouverture avant.

— Et moi ? Je n'ai pas le droit à un baiser ?

Sebastian approcha et, la tête dans le cou de Flick, posa les bras sous son ventre.

— Vous êtes prêtes ?

Flick fit oui de la tête. Tout le village ou presque s'était rassemblé devant la maison totalement remodelée, sur laquelle on lisait dorénavant, gravé dans un panneau en bois, « Gardner Guest House ».

— Merci, lui dit Flick. Merci pour ce que tu as fait.

— C'est grâce à toi, Flick. C'est ton idée, ton rêve et ce sera très utile à beaucoup.

Il l'embrassa dans le cou.

— Je suis fier de toi, ma chérie.

— Moi aussi, maman. Et je vais tout faire pour t'aider.

— Toi, concentre-toi sur tes études ! Tu as déjà donné assez de ton temps.

— Oui, mais parce que j'aime cet endroit.

— Êtes-vous prêtes à couper le ruban ?

Sebastian sortit des ciseaux de sa poche et les remit à Flick. On avait déjà servi des boissons et tout le monde attendait.

— Merci à tous d'être là, déclara Felicity. Comme vous le savez, la Gardner Guest House est dans la famille depuis des générations. Ma grand-mère Annie l'adorait et m'a appris à l'aimer.

Elle prit Angel par le bras et la fit approcher.

— Des circonstances, disons malheureuses, ont fait que notre famille a été séparée pendant un certain temps, mais nous voilà réunis, plus forts, plus heureux et en mesure, aujourd'hui, d'offrir à ceux qui sont malmenés par la vie, aux femmes hélas maltraitées, ce qui, un jour, m'a été donné. Un toit pour ceux qui n'en ont pas, un havre de paix pour les mamans et leurs bébés délaissés, un lieu d'accueil, d'amitié et d'amour. Un lieu sûr. Donc, et je vais en rester là…

Sebastian s'éclipsa discrètement tandis qu'Angel, armée des ciseaux, attaquait le ruban.

— Je déclare ouverte la Gardner Guest House, maison d'accueil pour mères célibataires…

La foule applaudit. Larmes, joie, on s'embrassa, se félicita.

— Aïe, cria doucement Flick sentant une contraction. Sebastian ?

— Oui, chérie.

— Je t'aime.

— Moi aussi.

— Je crois qu'il faut aller à la clinique…

— Oh mon Dieu ! Mais je croyais que nous avions encore deux semaines devant nous ?

— Allez ! dit Angel en les poussant dehors. Et revenez vite avec mon petit frère ! Allez, partez ! Qu'est-ce que vous attendez ? Je m'occupe de nos invités.

— Tu es sûre que ça va aller ? s'inquiéta Sebastian.

— Tu veux me vexer, papa ?

— Jamais. Je t'adore.

— Moi aussi. Je vous aime tous les deux. Allez, filez !

Vous avez aimé *Mystérieuses retrouvailles* ?
Retrouvez l'empire des Ferrington dès le mois de juin
dans votre collection Azur !

Retrouvez prochainement,
dans votre collection

AZUR

L'héritière et le don Juan, de Caitlin Crews - N°4598

Alors qu'elle assiste à la lecture du testament de son père, Annika voit son pire cauchemar devenir réalité. Pour garder Schuyler House, la demeure familiale remplie d'œuvres d'art et d'antiquités qu'elle adore, elle doit se marier. Et pas avec n'importe qui ! Celui qu'on lui destine n'est autre que Ranieri Furlan, l'associé de son père. Un puissant magnat qui tire de ses succès une arrogance inimaginable. Le dernier homme sur Terre auquel elle souhaiterait être liée…

Le prince vengeur, d'Emmy Grayson - N°4599

Barmaid dans la petite ville de Nowhere, Briony mène une vie monotone. Du moins, jusqu'à l'arrivée d'un magnifique étranger pour lequel elle ressent un coup de foudre immédiat. Mais son trouble se transforme en sidération quand il se présente : Cassius Morgan Adama est prince du Tulay. S'il est là, c'est pour lui révéler qu'elle est fille de roi, l'héritière cachée des Van Ambrose – et sa future épouse ! D'abord conquise par ce conte de fées, Briony déchante vite. Cassius lui propose un mariage qui servira ses sombres desseins de vengeance…

Une secrétaire à séduire, de Kim Lawrence - N°4600

Afin de conclure l'affaire de sa vie, Ezio Angelos est prêt à tout, et même à convaincre Matilda, son assistante personnelle, de l'accompagner durant six mois en Grèce… en tant qu'épouse ! Ce mariage de convenance leur sera profitable à tous les deux et restera strictement professionnel, lui assure-t-il sans trop y croire. Saura-t-il en effet résister au charme de sa délicieuse secrétaire s'ils troquent leur salle de conférence habituelle pour une suite nuptiale ?

Désir du désert, de Lela May Wight - N°4601

Malgré tous ses efforts, Akeem n'est pas parvenu à oublier Charlotte, son amour de jeunesse. Maintenant qu'il s'apprête à monter sur le trône de Taliedaa, il se rend à Londres où ils se sont connus tous deux avec la ferme intention de clore le chapitre de son passé. Et pour y parvenir il sait exactement ce dont il a besoin : une nuit avec Charlotte. Leurs retrouvailles sont houleuses, mais c'est avec la certitude d'agir pour le mieux qu'il propose à Charlotte de vivre une passion débridée avec lui, dans son palais du désert…

Ce parfum d'interdit, de Michelle Douglas - N°4602

Marjorie Mabel ne connaît que trop bien la querelle assassine qui oppose sa famille à celle des Constantinos. Les deux empires hôteliers se déchirent depuis toujours sur fond de secrets de famille. Hélas, aujourd'hui que sa sœur jumelle a disparu, elle n'a d'autre choix que de solliciter l'aide de Nikos Constantinos pour la retrouver.

Le roi qu'elle aimait, de Natalie Anderson - N°4603

Le destin pouvait-il se montrer plus cruel ? Tandis que l'avion qui devait la ramener chez elle est dévié pour urgence médicale, Elsie comprend que sa destination improvisée ne lui est pas inconnue. Cette île, ces belles villas nichées au creux des falaises, cet imposant palais défiant les éléments... elle ne les reconnaît que trop bien. Il s'agit de Silvabon, le paradis méditerranéen où elle a connu l'amour, puis le désespoir. C'est là en effet que réside Felipe, l'homme qu'elle a follement aimé et souverain du royaume...

Le scandale de minuit, de Kate Hewitt - N°4604

Héritier des palaces Rossi, Alessandro ne supporte pas de voir leur vénérable image s'étioler avec les années. Pour redonner un souffle nouveau à son empire, il est prêt à tout, et même à conquérir une influenceuse futile. Or c'est la sœur de cette dernière qui l'attire étrangement. Liane Blanchard est pourtant une discrète professeure de français qui n'appartient pas au même monde que lui. Que pourrait lui apporter cette innocente créature ? Rien, si ce n'est peut-être le frisson de la conquête...

Séduite par un Vénitien, de Lucy King - N°4605

SÉRIE : *LES FILS PERDUS D'ARGENTINE* - 2/3

Experte en relations publiques, Carla Blake ne se laisse guère impressionner par les hommes puissants. Une règle dicte d'ailleurs sa ligne de conduite : les tenir à distance. Pourtant, lorsqu'une mission la contraint à côtoyer Rico Rossi, elle sent ses résolutions vaciller. Ce loup solitaire est le plus beau spécimen masculin qu'elle ait jamais rencontré, mais le plus redoutable aussi. Saura-t-elle résister à son aura de séduction alors même qu'elle vient d'accepter son invitation à Venise ?

Honneur ou scandale, de Dani Collins - N°4606

SÉRIE : *RELATIONS PRIVÉES* - 1/3

« Je veux que vous ruiniez ma réputation. » Face à la requête de Luca Albizzi, roi de Vallia, Amy reste un moment interdite. Directrice d'une agence de relations publiques, elle a pour objectif de redorer l'image des puissants, de bâtir des épopées à la hauteur des ego de ses clients. Jamais encore on ne lui avait demandé de créer un scandale de toutes pièces ! Mais comment refuser un tel défi lancé par le plus mystérieux des hommes ?

Le rêve d'Hermione, de Jennifer Faye - N°4607

Voilà un an qu'Hermione a été promue directrice générale du Ludus Resort, une luxueuse station balnéaire. Or il s'agit pour elle de bien plus qu'un travail. Sur la petite île grecque, pour la première fois de sa vie, Hermione se sent chez elle. C'est donc avec angoisse qu'elle voit débarquer par une nuit de tempête Atlas Othonos, l'héritier des lieux. D'autant que ce dernier n'a qu'une idée en tête : se débarrasser de l'établissement cinq étoiles. Incapable de renoncer à ses rêves, Hermione est décidée à le faire changer d'avis, par tous les moyens...

La trahison d'un amant, de Julia James - N°4608

Jamais Carla n'a désiré un homme comme Cesare Di Mondave. C'est donc tout naturellement qu'elle entame une liaison avec son sublime Italien. Elle a bien conscience, alors, de piétiner toute prudence. Son amant est un séducteur, et leur relation ne manquera pas de déchaîner la rumeur. Mais comment résister à l'appel des sens ? Bientôt, hélas, Carla comprend que la situation lui a totalement échappé. Car elle a eu la folie de tomber amoureuse de Cesare, qui est sur le point d'en épouser une autre...